KB128476

커서 마스터
Cursor Master

커서 마스터 4
Cursor Master

초판 1쇄 인쇄일 2017년 8월 17일 ㅣ **초판 1쇄 발행일** 2017년 8월 22일

지은이 장성필 ㅣ **펴낸이** 곽동현 ㅣ **담당편집 팀장** 이범수
편집부 신연제 김예리 이윤아 홍현주 김유진 조서영 임소담 정요한 김미경

펴낸곳 (주)조은세상 ㅣ 출판등록 제 2002-23호
주소 경기도 연천군 미산면 청정로 1355
TEL 편집부 02)587-2966 ㅣ FAX 02)587-2922
e-mail bukdu@comics21c.co.kr

장성필 ⓒ 2017
ISBN 979-11-6171-208-6 ㅣ ISBN 979-11-6171-008-2(set) ㅣ 값 8,000원

장성필 현대판타지 장편소설

NEO MODERN FANTASY STORY

4

커서 마스터
Cursor Master

북두
(주)좋은세상

CONTENTS

커서 마스터
Cursor Master

커서 마스터

Cursor Master

1. 군주 포인트를 더더더

커서 마스터

Cursor Master

1. 군주 포인트를 더더더

[포타의 스킬을 전수받았습니다.]

[전설의 무투가 포타의 강력한 에너지로 인해 무투의 잠재력이 깨어납니다.]

[이네크의 반지가 계승자의 인증을 받아 전설 등급이 되었습니다.]

[불꽃의 조각S의 공격력이 상승합니다.]

[전체적인 능력이 크게 오릅니다.]

[레벨이 올랐습니다.]

[레벨이 올랐습니다.]

레벨이 순식간에 두 단계나 올랐다.

곧이어 자동으로 상태창이 떠오른다.

[이름: 유정상]

[직업: 커서 마스터]

[칭호: 진정한 몽키킹, 늑대의 안내자, 붉은 오크 리더, 주먹왕]

[레벨: 25]

[공격력: 380+350(이네크의 반지S)+220(불꽃의 조각 S)]

[방어력: 210+360(전사의 로브)]

[생명력: 1020/1020]

[힘: 65]

[민첩: 65+10(오우거의 탄력부츠)]

[체력: 99]

[지능: 11]

전체적인 능력치가 엄청나게 올랐다.

거기다 장착하고 있던 아이템마저 능력이 크게 향상되었다.

'대박이다.'

포타 노인의 이상한 에너지를 받았을 뿐인데 이렇게나 갑자기 모든 능력이 향상될 거라고는 전혀 예상하지 못했다.

놀라움에 정신을 차리지 못하는 유정상에게 포타 노인이
담담한 표정으로 말했다.

"이제야 겨우 기본적인 신체의 균형을 잡았을 뿐이지.
겨우 이것만으로 놈을 상대한다는 건 있을 수 없는 일이
네."

"이게 부족하다고?"

"당연하지. 날 따라오게."

포타 노인이 다시 힘겹게 일어서며 들어왔던 통로의 반
대에 뚫려 있는 문을 열고 나간다.

다시 유정상이 고개를 숙이고 그를 따라 나섰다.

두 녀석의 소환수들도 유정상의 뒤를 따랐다.

그렇게 다시 긴 통로를 지나고 새롭게 도달한 실내.

아래로 내려가는 계단 앞에서 걸음을 멈춘 포타 노인이
유정상에게 몸을 돌렸다.

"이곳에 내려가서 능력을 좀 더 다듬게. 난 이곳까지만
안내하지."

"혼자 내려가라고?"

"이 두 녀석들도 자네와 한 몸인 존재들이니 같이 가도
무방하네."

하지만 주코는 인상을 잔뜩 찌푸리며 지하계단을 내려다
본다.

"기분 나쁜 느낌이다. 난 가고 싶지 않다. 그냥 여기서
이 노인네랑 기다리겠다."

"그래 알아서 해."

"캬캬캬."

"소환수 계약취소."

주코의 말에 유정상은 별 거 아니라는 듯이 쉽게 승낙을 해주고는 바로 소환수 계약취소의 상태창을 불렀다.

[소환수와의 계약을 취소하시겠습니까?]

[소환수를 선택해 주세요.]

[백정/주코]

갑작스러운 상황에 주코는 경악에 찬 표정으로 외쳤다.

"자, 잠깐! 지금 뭐하는 거냐?"

"응? 너 쉬게 해주려고."

주코가 절박한 표정으로 말했지만 유정상은 여전히 편안한 표정으로 느긋하게 대답할 뿐이다.

마치 깃털처럼 가벼운 일을 한 가지 해결하는 말투였다.

"아, 아니다. 나 쉬고 싶지 않다. 따라가고 싶다. 아니 그렇게 해줘. 부탁이다."

유정상의 로브를 붙들며 주코가 소리쳤다.

그러나 유정상은 능청스런 모습으로 주코의 머리를 손가락으로 밀어내며 말했다.

"왜? 이참에 좀 쉴 것이지."

그 말에 더 다급해진 주코가 소리쳤다.

"절대 아니다. 내가 아니면 누가 주인을 보필할 거냐?"

"여기 백정도 있어."

"삐이이이."

"백정 따위보단 내가 더 든든하지. 저 녀석은 말도 못하잖아! 어서 가자고. 시간 낭비 말고."

메세지창을 확인하더니 다급했는지 주코가 앞장선다.

그 모습을 보며 피식 웃던 유정상이 포타 노인에게 물었다.

"내려가서 어디로 가야하는 거지?"

"길이 보일 것이네. 그걸 따라가면 될 걸세."

"길이 보인다고?"

그 말에 포타 노인이 고개를 끄덕인다.

"그렇다네."

"뭐, 알겠어."

그렇게 간단하게 대답하고는 계단을 내려간다.

이번엔 지난번처럼 계단이 그리 길지는 않아서 대략 10여분 정도 걸어가자 바닥에 닿았다.

발광석으로 어두운 실내를 비춘다.

둘러보니 자그마한 통로가 하나 보여서 그곳으로 조심스럽게 이동해 갔다.

주코와 백정은 잔뜩 경계심을 가지고 주변을 두리번거리며 유정상을 따라 걸었다.

그리고 곧 통로의 끝에 다다랐을 때였다.

"얼레?"

순간 눈앞으로 황량한 대지가 펼쳐졌다.

흐린 날처럼 하늘은 어두웠다.

그런데 푸석푸석한 대지 사이로 붉은 길이 보였다.

"이걸 따라가라는 거였군. 이건 뭐…… 오즈의 마법사도 아니고."

황당함에 유정상이 피식 웃었다.

어쩌면 이 길의 끝에 에메랄드 성이 있는 건 아닐까하는 생각이 들었다.

그렇게 양철 나무꾼과 허수아비를 대신하는 두 마리의 소환수와 함께 도로시처럼 힘차게 걸었다.

그런데 그때였다.

"응?"

갑자기 주변에서 사악한 기운이 잔뜩 느껴졌다.

유정상은 평상시보다 감각이 훨씬 더 예민해진 탓에 금방 그것을 눈치 챘다.

주코와 백정도 유정상이 느낀 그 감각을 전해 받았는지 갑자기 당황한 모습으로 허둥댔다.

그때 뭔가가 갑자기 유정상에게 날아들었다.

팟!

터엉.

커서가 빛을 뿌리며 방패로 변신해 그것을 막아냈다.

덩그렁.

바닥에 떨어진 건 거대한 강철창이었다.

일반적인 창에 비해 창간이 두껍고 길었다.

거기다 창끝의 예기가 예사롭지 않았다.

아무래도 스트로늄을 입힌 놈처럼 보인다.

"주인, 적이다!"

"삐이이."

소리를 지른 백정이 곧바로 땅속으로 들어갔고 주코는 은신술을 펼치며 모습을 감추었다.

유정상은 창이 날아온 방향을 바라보았다.

바위 언덕에 검은 그림자들이 잔뜩 서서 유정상을 내려다보고 있었다.

그들 중 몇이 다시 창을 던졌다.

휙. 휙. 휙. 휙.

텅. 텅. 텅. 텅.

거의 동시에 날아든 네 개의 창 모두가 커서 방패에 의해 차단되었다.

이정도 위력의 공격이라면 아무리 많은 창이 날아든다 한들 모조리 커서 방패에 의해 차단될 것 같았다. 상황을 파악하고 조금 여유가 생긴 유정상이 황당한 표정으로 중얼거렸다.

"저 자식들 뭐지?"

적들이 기괴한 음성으로 화가 난 듯이 소리쳤지만 유정상은 잠깐 동안 말없이 그림자 속에 숨어 있는 놈들을 바라보았다.

강렬한 기세를 풍기는 몬스터들이 잔뜩 모여 있다.

놈들이 조금 웅성거리는가 싶더니 곧바로 우르르 달려오기 시작했다.

"켈켈켈켈!"

"켈켈켈켈!"

얼핏 봐도 백여 마리는 될 것 같은 숫자의 괴물들, 산양의 머리를 달고 있는 인간형 몬스터 '판'이었다.

연한 갈색의 피부와 근육질로 이루어진 탄탄한 체형, 순해 보이는 산양의 머리가 인상적인 놈들이었지만 결코 순한 놈들이 아니라는 건 잘 알고 있었다.

놈들이 괴성을 지르며 달려오는데 무기도 제각각이다.

덩치에 걸맞을 만큼 거대한 창과 방패, 혹은 무식하게 크고 두꺼우며 조금 휘어진 만도를 가지고 있는 놈도 보였다.

대충 한 놈을 커서로 찍어 정보를 확인했다.

[이름: 판]

[레벨: 23]

[공격력: 800]

[방어력: 850]

[생명력: 4700/4700]

[힘: 370]

[민첩: 55]

[체력: 480]
[지능: 7]

곧바로 유정상도 군주 포인트를 사용해 트롤들을 불러냈다.

[군주 포인트는 모두 290점입니다.]
[포인트는 얼마를 사용하시겠습니까?]

"모두. 트롤로."

[트롤 72마리가 생성됩니다.]
[남은 군주 포인트는 2점입니다.]

72마리의 트롤이 빛을 뿌리며 순식간에 유정상의 앞에 모습을 드러냈다.

거대한 덩치의 트롤들이 믿음직한 모습으로 서 있다.

얼핏 보면 판에 비해 훨씬 거대한 덩치를 가진 트롤이 더 강해보였다.

하지만 냉정하게 보자면 트롤은 판의 상대가 되지 못한다.

레벨이 월등히 높은 판은 트롤을 압도하고도 남을 정도 강한 녀석들이다.

그러한 사실을 알고 있는지 판들은 가소롭다는 듯 트롤들에게 빠르게 달려들기 시작했다.

그때 은신술로 자신을 감추고 있던 주코가 나섰다.

그리고 손을 뻗어 마력을 방출했다.

번쩍.

주코가 공격 업그레이드 버프를 걸자 트롤들의 공격력이 상승했다. 동시에 비웃음을 머금은 채 방심하고 달려들던 판 중 한 놈이 트롤의 주먹에 얻어맞고 입에서 피를 뿜으며 뒤로 강하게 나동그라졌다.

"워어어어!"

트롤들이 포효하며 강력한 주먹을 판들에게 맹렬히 휘두르기 시작했다.

판들도 자신들의 무기를 이용해서 트롤을 찌르고 베었지만, 트롤은 머리가 파괴되지 않으면 큰 피해는 없었기에 자잘한 피해를 무시하며 반격했다.

그것을 시작으로 난전이 벌어졌다.

유정상도 그 사이에 뛰어들어 주먹을 날리기 시작했다.

포타 노인의 스킬을 받아서인지 몸의 움직임이 눈에 띄게 빨라졌다. 거기다 무차이의 보법까지 가미되자 판들은 유정상을 건드리는 것조차 불가능해졌다.

판들의 사이를 돌아다니며 주먹을 날리자 놈들의 머리가 한 방에 박살 나 버렸다.

파앙!

콰직!

판은 결코 만만하게 볼 상대가 아니었다.

주로 7성급 던전에서 출몰하는 하급 언데드보다 상대하기 까다롭고 더욱 강력하다고 알려진 놈들이었다. 그런데 어쩐 일인지 유정상의 주먹 한 방을 견뎌 내지 못하고 허무하게 쓰러지고 있었다.

펑! 펑!

"꽤엑!"

"꾸오엑!"

놈들이 비명을 지르며 바닥에 몸을 떨어뜨렸다.

유정상이 신나게 놈들을 쓰러뜨리는 동안 트롤들도 놈들과 열심히 싸워 점차 판들의 숫자를 착실히 줄여 나갔다.

슥삭. 슥삭.

"크에에엑!"

"키오오!"

치열한 전투 중 비명을 지르며 고꾸라지는 놈들도 있었다. 트롤들에게 지지 않겠다는 듯 땅속을 헤집고 다니며 불쑥 불쑥 튀어나와서는 판들의 종아리를 베어 버린 백정 때문이었다.

주코가 지속적으로 버프를 걸고 있었기에 전세가 역전되어 트롤들이 판을 압도하는 모습까지 보였다.

그리고 얼마의 시간이 흘렀을까.

어느새 백 마리를 웃돌 것 같았던 판들이 대부분 정리되었고, 유정상이 마지막 남은 판을 향해 주먹을 휘둘렀다.

펑!

"끄에엑!"

털썩.

판들이 모두 쓰러지자 싸움을 끝이 났다.

[레벨이 올랐습니다.]

[26레벨이 되었습니다.]

유정상은 겨우 1레벨 올랐을 뿐이지만, 판에 비해 상대적으로 레벨이 낮았던 트롤들은 폭업하는 쾌거를 이룰 수 있었다. 어떤 녀석은 이 한 번의 싸움으로 4레벨 정도가 오른 놈도 있었다.

백정은 판의 몸속에 있는 생명석을 섭취하며 조금씩 성장했고, 주코 역시 트롤들에게 버프마법을 연사하며 경험치를 나눠받고는 빠른 성장을 이루었다.

"주인! 나 레벨 올랐다."

"삐이이이!"

언제부턴가 이 녀석들도 레벨업이라는 마약에 중독되었는지 꽤나 전투에 열중했다.

유정상의 입장에서는 따로 신경 쓰지 않아도 잘 하고 있었으니 밑지는 장사는 아니었다.

그렇게 온 사방에 판의 시체가 널려 있다.

놈들이 들고 있던 무기들이 사방에 떨어져 있었다.

대충 봐도 놈들이 사용하는 무기엔 스트로늄이 사용되어 있어 그 가치가 엄청날 것이었다.

곧바로 커서를 놈들의 무기에 가져가자 원숭이의 손 스킬이 발동되며 한꺼번에 쥐어졌다. 그것으로 순식간에 모든 무기들을 인벤토리에 넣었다.

여기저기 흩어져 있는 기타 장비들도 원숭이의 손 스킬을 사용해 한 번에 거두어 들였다.

그리고 놈들 주위에 있는 어마어마한 양의 천 골드짜리 골드바.

그것들과 함께 자잘한 잡템들도 일일이 거두어 들였다.

소환수가 죽인 놈들의 몸에선 아이템이나 골드가 전혀 나오지는 않았다. 하지만 이번 싸움에 유정상이 죽인 놈들만 해도 50마리에 가깝다 보니 사방에 골드바와 아이템이 널려 있었던 것이다.

아이템 정리를 마친 유정상은 시선을 돌려 소환수들의 상황을 확인했다.

백정과 주코는 큰 피해가 없었으나, 트롤의 경우는 달랐다. 유정상이 실력을 뽐내며 곤경에 처한 트롤들을 구해주었고, 부상을 당해 전선에서 이탈한 놈들은 주코의 치료를 받았음에도 9마리의 트롤을 잃었다.

그만큼 판의 전투력이 트롤에 비해 우월했다는 뜻이었다.

"악! 또 나타났다. 주인!"

주코의 고함이 아니더라도 유정상은 이미 놈들의 접근을 눈치 채고 있었다.

이번에도 100여 마리의 판이 나타나 유정상과 소환수들을 공격했다.

다시 첫 번째와 비슷한 양상의 전투가 진행되었다.

다만 숫자가 줄었음에도 이전의 전투로 개별적인 레벨이 조금씩 상승한 덕분에 5마리의 트롤만을 잃은 채 판들을 모두 처리할 수 있었다.

하지만 문제는 숫자가 계속 줄고 있다는 사실.

그렇게 다시 비슷한 규모의 판과 세 번의 싸움을 더 거치고 나자 트롤은 40마리 정도밖에 남지 않았다.

세 번째 전투에서는 트롤 여섯 마리의 손실이 있었고 네 번째 전투에서는 겨우 네 마리의 손실로 비슷한 숫자의 판을 모두 막아냈다.

하지만 이젠 트롤들도 어느 정도 레벨이 올라갔고 대규모 싸움에도 익숙해 졌다는 생각에 조금 방심을 한 나머지, 다섯 번째 전투에서는 소소한 실수가 여러 번 발생하며 여덟 마리의 트롤이 완전히 파괴되어 버린 것이다.

그사이 유정상도 레벨을 하나 더 올려 27레벨이 되었다.

그런데 싸움이 끝나고 얼마 뒤, 이번에는 이전의 두 배 정도로 200마리는 넘어 보이는 판이 한꺼번에 몰려드는 것이었다.

트롤들의 숫자가 눈에 띄게 줄어들어 100마리와의 싸움도 점점 버거워지는 상황에서, 기존의 두 배에 달하는 판 무리가 등장하자 유정상은 당혹감을 감출 수 없었다.

이쯤에서 포기하고 뒤로 물러나야 하는 것은 아닌가라는 선택의 기로에 놓인 상황이었다.

그런데…….

언뜻 그놈들 틈에 두목으로 보이는 거대한 놈이 하나 끼어 있는 것이 보였다.

다른 놈들이 대략 2미터인데 반해 놈의 덩치는 3미터에 가까워 보였다.

어쩌면…… 이라는 생각이 들자마자 급히 커서로 녀석을 지정했다.

[이름: 판 킹]

[레벨: 25]

[공격력: 950]

[방어력: 1050]

[생명력: 5300/5300]

[힘: 410]

[민첩: 60]

[체력: 520]

[지능: 8]

놈이 두목이라는 사실을 확인하자마자 유정상이 중급 은신 스킬을 시전해 놈들 사이를 미친 듯 뚫고 달렸다.

그럼에도 판들은 중급 은신 스킬을 사용하는 유정상의 존재를 전혀 감지하지 못했다. 덕분에 위험한 상황에 빠지지도 않고 빠르게 판 킹에게 다가갈 수 있었다.

하지만 두목인 판 킹은 다른 녀석들과 달리 은신 스킬로 몸을 숨기고 접근하는 유정상의 존재를 눈치 챘고, 다가오는 유정상을 향해 커다란 도끼를 휘둘렀다.

부웅.

유정상은 늘보의 문신으로 놈의 도끼를 가볍게 피해내고는 곧바로 전사의 영역 깃발을 꺼내 땅에 박아 버렸다.

[전사의 영역 깃발이 발동합니다.]

[깃발을 중심으로 반경 20미터 이내에 최강자와 단독으로 싸울 수 있는 영역이 만들어집니다.]

[승부가 나기 전엔 영역이 사라지지 않습니다.]

메시지가 나타나자마자 깃발을 중심으로 판들이 주변으로 밀려나가고 그 원형의 공간 안에는 유정상과 판 킹만 남게 되었다.

그러자 판 킹이 주변에서 일어나는 일이 심상치 않음을 느끼고는 흥성을 내뱉으며 유정상에게 달려들었다.

"쿠워어!"

놈은 근육을 잔뜩 부풀리며 위협을 해왔다.

원래의 능력이었다면 이정도의 위압감에 어느 정도 영향을 받았을 테지만, 포타 노인에게 스킬을 전수받아 전체적인 능력치가 보정된 덕분인지 지금의 유정상은 판 킹의 사나운 포효에도 별다른 느낌을 받지 못했다.

유정상의 레벨이 더 높았기 때문일지도 몰랐다.

자신을 향해 다가오는 판 킹이 염소 탈을 뒤집어 쓴 사람처럼 느껴질 정도로 마음은 평온했다.

그때 엄청난 파공성과 함께 도끼가 날아들었다.

부우웅.

한 걸음을 내딛으며 살짝 고개를 숙이는 동작으로 가볍게 놈의 도끼를 피해낸 유정상은 즉시 놈의 복부를 향해 주먹을 날렸다.

퍼엉.

기파가 담긴 유정상의 주먹이 왕(王)자가 새겨진 놈의 배에 완벽하게 꽂혔다.

주먹에 실린 파괴력이 이전에 비해 압도적으로 높아진덕분에 한 방만으로도 놈의 몸이 폴더폰처럼 사정없이 아래로 꺾였다.

한 발 물러나자 마침 녀석의 머리가 딱 타격하기 좋은 위치까지 내려왔다.

"쿠어어어어어!"

빠악!

고통에 젖은 비명을 무시하고 다시 주먹으로 놈의 턱을 날리자 뼈가 부서지는 듯한 소리와 함께 놈이 나동그라졌다.

하지만 곧 다시 몸을 일으키는 판 킹.

턱이 부서진 탓에 턱뼈가 덜렁거리며 입에선 피를 줄줄 흘리고 있었다.

사람이라면 고통 때문에 정신을 차리지 못할 테지만 놈은 몬스터라 그런지 턱이 부서졌다는 사실에 크게 개의치 않아 보였다.

오히려 더욱 화가 난 표정을 지으며 다시 도끼를 들어올렸다.

그리고 유정상을 덮치듯이 접근해서는 좁은 공간을 사이에 두고 미친 듯이 휘두른다.

붕. 붕. 붕.

늘보의 문신이 극성으로 발휘되고 있었지만 이렇게 가까운 거리에서는 놈의 공격을 피해내는 건 쉽지 않다.

위험천만한 상황이 벌어지자 유정상도 지금까지와는 다른 한계 이상의 움직임이 이루어졌다.

강력하게 휘둘러지는 도끼를 몸을 왼쪽으로 90도 가까이 꺾으며 피해낸 유정상은 놈의 근거리로 접근하는 동시에 양 주먹을 번갈아 날렸다.

퍼퍼퍼펑.

"쿠아아아아!"

연발펀치에 전신을 구타당하며 놈이 비명을 질렀다.

자신의 방어력을 훨씬 상회하는 충격에 더 이상 버티지 못하고 곧 쓰러지고 말았다.

두목이라는 사실이 무색할 정도로 별다른 피해 없이 결판이 나 버렸다.

유정상 본인도 이렇게 쉽게 이길 거라고는 생각하지 못했던 탓에 약간 얼떨떨했다.

하지만 곧 정신을 차리고 커서를 이용해 놈의 머리를 들어 올리는 동시에 보조커서로 이마에 군주의 인장을 찍었다.

[군주의 인장이 판 킹의 머리에 새겨집니다.]

[군주의 인장이 새겨지며 이곳 지하세계 판 족의 충성을 받아냈습니다.]

[군주 포인트 150점이 추가됩니다.]

[판의 포인트 사용은 6점입니다.]

[현재 군주 포인트가 총 440점입니다.]

['판의 로드' 칭호가 주어집니다.]

[레벨이 올랐습니다.]

[28레벨이 되었습니다.]

한동안 군주 포인트를 늘리지 못했는데 한꺼번에 150점이 늘어나며 총 440점이 되었다.

또한 강력한 판을 자신의 소환수로 사용할 수 있게 되는 이점도 얻게 되었다.

레벨업을 했다는 알림도 있었기에 곧바로 상태창을 확인했다.

[이름: 유정상]

[직업: 커서 마스터]

[칭호: 판의 로드……]

[레벨: 28]

[공격력: 410+350(이네크의 반지S)+220(불꽃의 조각 S)]

[방어력: 240+360(전사의 로브)]

[생명력: 1100/1100]

[힘: 67]

[민첩: 67+10(오우거의 탄력부츠)]

[체력: 105]

[지능: 11]

그것을 확인하고는 주변을 살폈다.

확실히 유정상이 빠진 상태라 그런지 전투의 결과는 처참했다.

트롤들은 겨우 4마리만 남아 있었다.

물론 주코와 백정은 자신의 몸을 보호할 정도의 눈치는

가지고 있었던 터라 별탈은 없었지만 가진 포인트를 모두 사용한 트롤이 겨우 4마리만 남은 상태를 보니 헛웃음이 나왔다.

그나마도 유정상이 마무리를 지었기에 망정이지, 그 상태로 전투가 10분만 더 지속되었다면 모조리 몰살당했을지도 몰랐다. 하기야 몰살이나 마찬가지인 상황이긴 했지만 말이다.

어쨌든 추가된 150점으로 인해 남은 군주 포인트는 총 152점이 되었다.

판 킹의 충성을 받아낸 덕에 주변에 있던 판들이 모두 머리를 숙이고 있다.

그때까지도 허공에 은신으로 몸을 숨기고 있던 주코가 그 꼴을 확인하고 모습을 나타냈다. 그리고는 유정상의 옆으로 오더니 의기양양한 표정을 지으며 허리에 손을 올리더니 큰소리로 말했다.

"캬캬캬. 이것들아! 모두 찬양하라!"

콩.

"아야!"

"내가 사이비 교주냐?"

"우씨. 나만 미워하고 그래."

"네 주둥이 단속이나 잘하고 말해."

그렇게 잠깐 주코와 장난을 치며 옥신각신 하던 유정상이 피로 때문에 클린볼을 꺼내 몸에 흡수시켰다.

원래라면 활력의 불꽃을 사용하려 했으나 아무리 둘러보아도 이곳엔 모닥불을 만들 수 있는 장소가 존재하지 않아 어쩔 수 없이 클린볼을 사용한 것이다.

대충 몸을 추스른 유정상이 다시 소환수 두 녀석을 데리고 붉은색 길을 따라 걸었다.

그렇게 한참 동안을 걷는데, 다시 먼 곳에서 수십 명의 인영이 보인다.

'사람인가?'

유정상이 가진 미래의 지식에도 던전 안에 사람이 살고 있다는 건 들어있지 않았다.

그러나 커서의 능력을 얻고 나서는 자신의 상식을 넘어선 경우를 무수히 경험한 덕분에 굳이 인간이 있다고 하더라도 크게 놀라운 일은 아니라고 생각했다.

그런데 거리가 가까워질수록 인간의 형체가 점점 또렷해진다.

"인간이 맞네?"

마치 인디언이나 고대 원시인과도 같은 복장의 부스스한 머리의 남녀 30여 명.

그런데 일반적인 인간보다 훨씬 거대한 키와 덩치.

평균 2미터 이상으로 보이는 키 때문에 마치 거인족과도 같은 느낌이었다.

그들이 유정상을 확인하자마자 남자들이 먼저 달려들기 시작했다.

그런데 놀라운 것은 다가오는 이들의 외모가 조금씩 변해가더니 각양각색의 몬스터로 변화한다는 것이었다.

붉은 갈기의 늑대, 거대한 어금니의 검은 표범 등으로 변한 그들은 유정상을 향해서 맹렬하게 달려들었다.

유정상도 곧바로 새로 쌓은 군주의 포인트를 사용해 방금 얻은 판을 소환했다.

[25마리의 판이 소환됩니다]
[남은 군주 포인트는 2점입니다.]

순식간에 25마리의 판이 소환되며 곧바로 놈들과 얽힌다.

여자를 제외하고 싸움에 나선 상대의 숫자와 소환된 판의 숫자도 비슷했고 서로의 전투력도 엇비슷했는지, 처음에는 얼추 대등한 싸움이 벌어졌다.

하지만 곧바로 주코가 공격마법과 회복마법을 걸어주자 판이 우세해지기 시작했다.

주코는 그동안의 전투로 인해 능력치가 상승했는지 동시에 두 가지의 버프가 가능해졌다.

그런데 그때 뒤쪽에서 전투를 관망하던 한 여자가 뭔가의 주문을 외우기 시작했다.

번쩍.

강렬한 번개가 판 한 마리에게 떨어졌고, 그 충격에 바닥에 쓰러졌다. 거의 빈사상태가 되어 버리자, 유정상이 얼른 보조 커서를 이용해 포션 하나를 녀석에게 들이부어 회복시켰다.

여유가 있다면 뒤로 물러서게 하고 주코의 치유를 받도록 하겠지만, 그러기에는 전황이 너무 다급했던 탓이었다.

그 사이 다른 여자들도 마법 공격과 더불어 녀석들에게도 회복의 주문을 걸어주기 시작했다.

유정상의 커서로 녀석들을 확인하니 확실히 에너지가 차오르고 있었다.

알고 보니 주술사인 여자들과 전사인 남자들로 이루어진 종족이었던 것이다.

단 한 명의 버퍼에 의지하는 자신의 소환수들과 달리 저들은 인원 배분을 통해 균형이 적절하게 이루어져 있었다.

이대로 가다보면 전멸을 당하는 것은 불을 보듯 뻔했다.

잠깐 상황을 지켜보던 유정상이 은신 스킬을 사용해 전장을 가로질러 여자들에게 빠르게 달려들었다.

자신들을 향해 엄청난 속도로 달려드는 유정상을 본 여자 주술사들이 흠칫 놀라며 마법공격을 퍼부었다.

파직.

번쩍.

콰아아아.

여러 가지의 마법 공격들이 한꺼번에 유정상에게 쏟아졌다.

그러나 그런 하급 공격마법에 당할 유정상이 아니었다.

보법을 이용해 그것들을 가볍게 피해내고는 금방 목표한 곳에 도달했다.

유정상의 주먹에 빛이 깃들며 화염과 스파크를 머금은 주먹기파가 사방으로 퍼져나갔다.

"꺄아아아악!"

"꺅!"

여자 주술사들이 비명을 지르며 주변으로 튕겨나갔다.

단 한 방씩이었지만 낮은 방어력을 가진 주술사들이라 더 이상 일어나지 못했다.

순식간에 다섯 명의 여자 주술사들이 유정상의 주먹에 의해 전열에서 이탈하자, 주술이 사라졌음을 느낀 전사들이 눈에 띄게 당황해했다.

전황은 다시 판들에게 유리하게 흘러갔고 곧 싸움이 마무리 되려 하고 있었다.

그런데 그때 저 뒤쪽에서 한 무리의 야생인간들이 다시 나타났다.

이번에 나타난 녀석들은 숫자도 5~60명 정도로 늘어나 있었지만 그 사이에 유독 커다란 덩치의 남자가 끼어 있었다.

반가운 상황이라 유정상은 얼른 그 덩치의 정보를 확인해 보았다.

[이름: 드루이드 킹(야성변형타입)]

[레벨: 25]

[공격력: 1030]

[방어력: 1090]

[생명력: 4900/4900]

[힘: 410]

[민첩: 53]

[체력: 510]

[지능: 9]

 적들은 드루이드라 불리는 종족이었고 저 덩치는 역시 종족의 보스였다. 판에 비해 숫자가 적은 부족인지 보스가 금방 출현했다.

 정보를 보아하니 전체적인 전투력이나 레벨은 판 킹과 그리 차이가 나지는 않았다.

 하지만 녀석의 상태창에서 한 가지 걸리는 건 '야성변형타입'이라는 것이다.

 예전에 비슷한 놈과 싸웠던 경험이 있었으니 당연한 경계였다.

 곧바로 은신을 펼치고 놈의 근처로 다가가자 드루이드 킹 주변에 있던 주술사형 드루이드들이 그 모습을 발견하고는 번개와 화염을 난사했다.

 하지만 그 정도는 커서 방패를 사용할 것도 없이 보법을

활용해 회피했고, 드루이드 킹에게 다가가 바닥에 전사의
영역 깃발을 꽂았다.

[전사의 영역 깃발이 발동합니다.]
[깃발을 중심으로 반경 20미터 이내에 최강자와 단독으
로 싸울 수 있는 영역이 만들어집니다.]
[승부가 나기 전엔 영역이 사라지지 않습니다.]

전사의 영역 깃발이 발동되며 그 주변에 있던 주술사형
드루이드들과 전사형 드루이드들이 모두 영역 밖으로 밀려
나갔다.
하지만 놈들은 이런 상황에서도 별로 놀라지도 않고 오
로지 유정상만을 노려보며 비웃음을 흘리고 있었다.
어쩐지 그들의 드루이드 킹에 대한 맹신이 느껴지는 반
응이었다.
이어서 드루이드 킹이 화가 난 표정으로 유정상을 향해
달려들었다.
그러나 이미 비슷한 능력의 판 킹을 가볍게 물리친 유정
상이었으니 녀석의 움직임을 가볍게 피해내다가 한순간의
기회를 포착하고 바로 주먹을 난사했다.
퍼펑. 퍼퍼펑.
"크아아아!"
놈이 비명을 지르며 쓰러졌다.

유정상이 처음부터 필살기에 가까운 기술을 쓰기는 했지만 어쩐지 자신만만해 보이던 녀석의 모습에 비해 너무 쉽게 마무리된 느낌이라 조금 허무했다.

곧바로 쓰러진 놈의 머리에 보조커서를 사용해서 군주의 인장을 박았다.

그런데

텅.

머리에 박았던 인장이 튕겨나가고 말았다.

도장처럼 녀석의 머리에 찍혔던 군주의 인장이 작은 금속음을 내면서 튕겨 나와서는 허공에서 서서히 사라졌다.

"엇?"

한 번도 경험하지 못했던 일이었기에 유정상은 일순 당황했다.

그사이 놈이 변형을 일으키기 시작했다.

우드드득.

뼈가 뒤틀리는 듯한 소리와 함께 삽시간에 변형을 끝낸 녀석에게 커서를 가져갔다.

[이름: 드루이드 킹(야수화)]

[레벨: 28]

[공격력: 1330]

[방어력: 1490]

[생명력: 6900/6900]

[힘: 500]

[민첩: 57]

[체력: 620]

[지능: 9]

갑자기 모든 능력이 크게 상승했다. 심지어 레벨도 유정 상과 동등해졌다.

"젠장, 어떻게 이런 일이…."

이런 일이 벌어질지도 모른다는 생각에 변신 전에 인장을 찍어 상황을 마무리하려 했던 것이었다.

그런데 느닷없이 군주의 인장이 튕겨나갈 것이라고는 전혀 예상하지 못했기에 적잖이 당황할 수밖에 없었다.

변신 후의 놈은 그야말로 야수 그 자체였다.

마치 전신에 비늘 갑옷을 입은 것 같은 사자형의 야수로 거대한 어금니는 놈의 사나움을 더욱 강조하듯 보였다.

"크아아앙!"

노도 같은 놈의 포효에 강력한 기세가 발산되었다.

놈은 엄청나게 빠른 속도로 유정상에게 달려들어 거대한 앞발을 휘둘렀다.

놈의 앞발엔 어지간한 몬스터들은 스치기만 해도 그냥 토막 날 정도로 날카로운 발톱이 박혀 있었다.

부우웅.

재빨리 몸을 숙여 놈의 앞발을 피해내고는 무차이 보법으로 놈에게 접근하며 주먹을 날렸다.

타앙.

하지만 놈의 몸을 뒤덮고 있는 비늘모양의 피부를 뚫지 못했는지 마치 강철을 두드리는 것 같은 소리가 들려왔다.

곧바로 다음 주먹을 날리자 이번에는 놈이 빠른 동작으로 회피해 버렸다.

"크아아아!"

그리고는 포효와 함께 유정상에게 아가리를 들이밀었다.

워낙 빠른 움직임이라 유정상도 미처 피하기 힘들 정도였다.

녀석의 사나운 이빨을 보니 한 순간에 어깨 부위가 한 뭉텅이는 뜯겨져 나갈 것만 같았다.

하지만 위기의 순간이 되자 곧바로 커서가 빛을 뿌리며 방패로 변해 놈의 이빨을 막아 냈다.

텅.

'좋아!'

갑자기 출현한 방패 때문에 녀석은 당황해 했고, 유정상은 그 빈틈을 놓치지 않고 파고들어 놈의 턱에 주먹을 올려붙였다.

퍼어억!

"크어어!"

놈의 머리가 뒤로 젖혀지자마자 몸 안으로 파고들어

상대적으로 약해보이는 녀석의 배 부위를 노려서 마구 두들겼다.

퍼퍼퍼퍼퍼퍼펑.

수십여 발의 주먹세례에 견디지 못한 드루이드 킹이 드디어 쓰러지고 말았다.

쿵.

녀석이 다시 원래 인간의 모습으로 돌아가자 녀석의 몸통을 커서로 들어 올리고는 곧바로 놈의 이마에 다시 군주의 인장을 찍었다.

[군주의 인장이 드루이드 킹의 머리에 새겨집니다.]

[군주의 인장이 새겨지며 이곳 지하세계 드루이드 족의 충성을 받아냈습니다.]

[군주 포인트 180점이 추가됩니다.]

[드루이드의 포인트 사용은 6점입니다.]

[현재 군주 포인트는 총 620점입니다.]

[남은 군주 포인트는 182점입니다.]

['드루이드의 토템'의 칭호가 주어집니다.]

[레벨이 올랐습니다.]

[29레벨이 되었습니다.]

전사의 영역이 거두어지자 그때까지 살아남은 판의 숫자는 겨우 16마리였다.

곧바로 군주 포인트를 사용해 드루이드 30명을 소환했다.

드루이드는 랜덤으로 주술사형 드루이드가 섞여 나오는지 선택하지도 않았는데 원래의 비율과 비슷하게 4명의 주술사형 드루이드와 26명의 전사형 드루이드가 생성되었다.

그렇지 않아도 고위급 소환수들이 늘어나면서 주코의 마력에 한계를 느끼고 있었는데 잘된 일이었다.

그렇게 해서 남은 포인트도 다시 2점.

소환된 수는 판 16마리와 드루이드 30명, 도합 46이다.

"슬슬 모양이 나오네."

뭔가 이전에는 동물이나 몬스터부대를 거느렸다는 느낌이었다면 이젠 슬슬 제대로 된 군단의 분위기를 만들어 가고 있었다.

외관상으로 인간의 형상을 띄고 있는 드루이드들이 포함되어 있었고, 주코 이외에 마법으로 보조해 줄 수 있는 주술사형 드루이드가 생겼기 때문이었다.

아무튼, 거대한 덩치를 자랑하는 두 무리를 거느리고 있으니 괜히 어깨가 으쓱해지는 유정상이었다.

"이것들아 줄 똑바로 서! 그래. 거기랑 거기 말이야!"

하지만 유정상보다 주코가 더 신이 나 있었다.

자신이 마치 군부대의 돌격대장이라도 된다는 듯이 공중에 몸을 띄운 채 좌대각이 어떠니 우대각이 어떠니 라며 알아듣지도 못할 이야기를 주절거린다.

제일 처음 시작할 때는 트롤만으로 시작했는데 어느새 트롤은 한 마리도 남아 있지 않았고 새롭게 추가된 소환수인 판과 드루이드만 남았다.

소환수의 경우는 종족의 한계 때문에 어느 정도 이상으로 레벨이 오르지 않았다.

그렇기 때문에 비슷한 성향을 가진 상위의 몬스터를 새롭게 획득하는 경우, 결국 기존의 몬스터들은 잘 사용되지 않았다.

하지만 향후 어떤 상황이 펼쳐질지는 알 수 없기에, 소환수들이 풍부한 전투 경험을 갖게 해 필요에 따라 사용하는 것은 소환사들의 기본 자세였다.

유정상은 다시 수십의 소환수들과 함께 붉은 길을 걸어갔다.

그리고 얼마 지나지 않아서 다시 새로운 집단과 조우했다.

먼 곳이었지만 거대한 실루엣이 이제까지 접했던 몬스터들에 비견할 수 없는 크기라는 건 쉽게 알 수 있었다.

근처까지 왔을 땐 그 압도적인 크기에 턱이 빠질 만큼 놀라도 이상하지 않을 정도였다.

대충 봐도 6미터 급의 거인들이 10마리나 유정상의 부대를 향해 다가왔다.

쿵. 쿵. 쿵.

압도적인 위압감.

인간 형태를 하고 있었는데 분류하자면 배가 불룩한 중년아저씨의 체형이었다. 상체는 완전히 벌거벗고 있었으며 하반신에는 타잔처럼 너저분한 팬티조각 같은걸 걸치고 있었는데 한손에는 거대한 몽둥이를 쥐고 있는 놈들도 몇 있었다.

하기야 이런 놈들이 갑옷을 두르거나 철제 무기를 가지고 있었다면 그 재료를 조달하기 위해 얼마나 많은 양의 철광석이 필요했을지 감도 오지 않는다.

아마도 어지간한 광산을 발견한다고 해도 저들 모두를 무장시키기에는 불가능한 양이지 않을까?

어쨌거나 이제부턴 일반적인 싸움이 아니라는 걸 생각하고 유정상은 곧바로 드레이크를 소환했다.

"크와아아아!"

엄청난 포효를 내지르며 드레이크가 하늘에서 번쩍하며 나타났다.

그리고는 유정상을 향해 빠르게 활강하더니 바닥에 사뿐히 내려섰다.

유정상이 다가가 드레이크의 머리를 쓰다듬고는 곧바로 녀석의 등에 올라탔다.

"같이 한번 잘해보자."

"크르르르."

그리고는 녀석이 거대한 날개를 퍼덕거리며 공중으로

떠올랐다.

등에 앉아 있으니 녀석의 거대한 날개근육의 역동적인 움직임이 느껴진다.

그 때문에 몸이 들썩거리고 있었지만 불편함은 없었다.

그런데 거인 중 한 놈이 갑자기 바닥에서 거대한 바위를 들어올렸다.

'뭐지?'

적들의 덩치가 너무 큰 탓에 하는 행동이 무얼 의미하는지는 금방 이해했다. 그러나 거리상으로는 소환수들과 멀찌감치 떨어져 있었기 때문에 그런 놈의 행동이 이상하게 느껴진 것이다.

그런데 놈은 판과 드루이드들에게가 아닌 공중에 떠 있는 유정상을 향해 거대한 바위를 던졌다.

"이런, 미친!"

거대한 바위가 유정상을 향해 날아오자 드레이크가 가벼운 움직임으로 피해 냈다.

설마 허공에 떠 있는 자신에게 던질 거라고는 전혀 예상 못한 유정상이 어이가 없는지 피식 웃고 말았다. 그리고 더불어 거인의 힘에 꽤나 놀라고 있었다.

"힘 한번 무지막지 하네."

재빨리 커서를 가져가 놈들의 상태를 확인했다.

[이름: 네피림]

[레벨: 29]

[공격력: 1890]

[방어력: 2010]

[생명력: 10500/10500]

[힘: 2100]

[민첩: 40]

[체력: 1060]

[지능: 7]

"하나하나가 보스급 놈들이군."

레벨도 레벨이지만 모든 수치가 이제까지와는 전혀 다른 수준이었다.

그나마 민첩이나 지능이 낮은 탓에 이정도 레벨이었지, 그것들마저 높았다면 저런 놈들 10마리를 어떻게 상대할 것인가?

소환수의 수는 마흔일곱으로 수적으로 앞서는 상황이었지만, 겨우 10마리밖에 되지 않는 네피림들의 위용은 소환 수들을 충분히 압도하고 있었다.

무턱대고 정면대결을 펼쳤다가는 순식간에 전멸할지도 모른다는 생각이 들 정도다.

일단 드레이크를 타고 놈들의 주위를 맴돌았다.

그러자 놈들 중에 몇 놈이 그런 유정상을 보면서 흥성을 터뜨렸고, 다시 바위를 들어서 자신들의 주위를 비행하는 드레이크를 향해 던졌다.

아마도 본능적으로 날아다니는 존재를 싫어하는 것 같았다.

하지만 별로 위협적이지도 않은 공격이었기에 그냥 가볍게 피해내며 좀 더 자세히 놈들을 살피기 시작했다.

그런데 그렇게 자세히 살피다 보니까 뒤쪽에 일반적인 네피림과 좀 다른 느낌으로 엄청 강한 기세를 풍기는 네피림 한 마리가 서 있는 게 눈에 띄었다.

놈의 크기는 대략 8미터 정도.

다른 놈들은 근육이 잘 보이지 않을 정도로 살이 뒤룩뒤룩 찐 타입이라면 이놈은 전신이 보디빌더를 연상케 하듯 근육질이었다.

얼굴도 다른 놈들과 달리 좀 더 날렵하면서도 날카로운 인상을 준다.

'이놈들은 나타나자마자 보스가 등장하는 건가?'

커서를 놈에게 가져가 보았다.

[이름: 네피림 보스]

[레벨: 33]

[공격력: 2250]

[방어력: 2100]

[생명력: 12500/12500]

[힘: 2200]

[민첩: 55]

[체력: 1250]

[지능: 9]

레벨이 무려 33이었다.

이제까지 드레이크를 제외하고는 30을 넘은 놈은 처음
이었다.

게다가 다른 놈들에 비해 민첩과 지능이 높았다.

다른 수치들도 모두 다른 녀석들을 상회하는데 그것마저
높으니 이제까지 경험했던 그 어떤 놈들보다 강할 것이라
는 건 분명할 것이다.

놈을 확인하면서 드레이크를 움직여 좀 더 다가가자 놈
이 갑자기 뭔가를 던졌다.

쉐에에에엑

터엉!

순식간에 커서가 방패로 변하며 그것을 막아 냈다.

그리고 바닥으로 떨어지는 물체는 옆면이 넓고 두께가
10센티는 넘어 보이는 거대한 검이었다.

물론 유정상의 입장에서나 거검이지 놈의 입장에서는 그
저 조그마한 단검일 뿐이었다.

그러고 보니 놈의 허리엔 이런 검들이 몇 개 달려 있는
게 보였다. 그것만 봐도 이놈은 다른 놈들과 전혀 다른

네피림이 분명했다.

어쨌든 놈은 갑자기 나타난 방패에 의해 자신의 단검이 막혀 버리자 놀란 모습이다. 그러나 포기하지 않고 이내 다시 단검들을 던진다.

터엉! 터엉!

하지만 그것마저도 방패에 의해 완전히 막혀 버리자 흥분했는지 인상을 잔뜩 일그러뜨리며 포효했다.

"고오오오오!"

놈의 포효소리에 다른 놈들도 몸을 돌려 유정상이 있는 방향으로 이동하더니 주변에 있던 바위들을 집어 들어 던지기 시작했다.

크기가 제각각인 바위들이 공중에 있는 유정상에게 날아들었다.

숫자가 많다보니 무작정 피하는 것도 쉽지 않아 드레이크가 강력한 화염 브레스를 뿜었다.

콰아아아아.

작은 바위들은 화염 브레스에 녹아 버렸지만 큰 것들은 오히려 불덩어리가 되어 날아들었다.

물론 브레스에 의해 위력이 줄어든 그것들은 유정상이 주먹을 날려 공중에서 부숴 버렸다.

그런데 그때 몇 놈이 비명을 지르며 주춤거린다.

땅속에서 튀어나온 무언가에 의해 공격받은 놈들이 깜짝 놀라서 비명을 질렀던 것이다.

슥삭. 슥삭.

"쿠오오오오!"

모두의 신경이 드레이크에게 쏠렸을 때 기습적으로 뛰쳐나온 백정이 자신의 쌍검으로 몇 놈의 다리를 베어버린 탓에 놈들이 발목을 붙들고 바닥에 넘어지고 있었다.

물론 그 정도로 놈들의 다리를 불구로 만들 수 있는 건 아니었지만 충분한 고통을 주었는지 금방 일어서지는 못했다.

그사이 생겨난 빈틈을 확인하고 유정상은 다시 네피림 보스와의 대결을 위해 놈을 향해서 빠르게 활강했다.

네피림 보스가 달려드는 드레이크를 발견하고는 바로 단검을 들어 다시 던지자 그것을 방패로 막았다.

그것과 동시에 드레이크가 화염을 뿜었다.

콰아아아아.

네피림 보스는 급히 두 팔로 화염을 막으며 뒤로 물러서자 그대로 유정상이 몸을 던졌다.

그리고 이동의 팔찌를 이용해 놈의 몸에 밧줄을 걸면서 빠르게 날아들어 놈의 턱에 주먹을 날렸다.

퍼엉!

"크우우우!'

머릿속을 울리는 충격 때문에 놈의 머리가 뒤로 젖혀지며 괴로움 가득한 소리를 지르더니 뒤로 주춤거리며 물러났다.

하지만 놈은 그 상태에서도 반사적인 움직임으로 유정상을 향해 거대한 주먹이 날렸다.

텅.

그러나 이번에도 커서 방패에 의해 막혀 버리는 주먹.

무너진 자세에서 억지로 내지른 주먹이 방패에 막히자 그 때문에 녀석의 자세가 완전히 무너져 버렸다.

그때 유정상이 바닥에 착지하며 전사의 영역 깃발을 꽂아 버렸다.

콱.

[전사의 영역 깃발이 발동합니다.]

[깃발을 중심으로 반경 50미터 이내에 최강자와 단독으로 싸울 수 있는 영역이 만들어집니다.]

[승부가 나기 전엔 영역이 사라지지 않습니다.]

그와 동시에 주변에 생성되는 영역.

넘어졌던 네피림들이 일어서서는 사나운 표정으로 유정상이 있는 곳으로 다가왔지만 영역 안으로는 들어설 수 없었다.

쿵쿵쿵.

몇 놈이 그 영역의 벽을 두드렸지만 당연하게도 전혀 뚫리지 않는다.

그런데 놈의 크기 때문인지 전사의 영역이 20미터에서

50미터로 더 커져 있었다.

물론 50미터라고는 해도 8미터나 되는 놈에게는 그리 크지 않은 공간이었지만.

네피림 보스가 주변에 둘러쳐진 보이지 않은 영역을 손으로 확인하더니 다시 시선을 유정상에게 돌린다.

조그마한 인간이 부린 이상한 재주에 호기심이 동하기도 했으나, 조금 전에 받은 충격으로 인해 화가 많이 나 있는 상태였다.

이내 생각할 필요도 없다는 듯 빠르게 달려들며 위에서 찍어 누르듯이 주먹을 휘둘렀다.

콰앙.

놈의 주먹이 바닥에 꽂혔다.

사실 이번 공격은 유정상의 인지를 조금 벗어날 만큼 엄청나게 빠른 주먹이었으므로 늘보의 문신만으로 그 스피드를 감당하기는 어려웠다.

하지만 보법을 극성으로 발휘하며 아슬아슬하게 그 공격을 피해 냈다.

조금 전과 달리 커서가 나타나 방어에 도움을 주지 않는 것을 보면, 아마 유정상이 자신의 능력을 이끌어내 싸우기를 원하는 것인지도 몰랐다.

유정상 역시 모든 것을 방패가 다 나서서 막아 버리는 것도 원하지 않았다. 확실히 유정상과 정신적으로 연결되어 있는 커서다보니 서로의 생각을 공유하고 있는 것이다.

아무튼 현란한 보법으로 간신히 피해 내고는 곧이어 가드가 완전히 비어있는 놈의 옆구리에 주먹을 꽂았다.

콰콰콰콰쾅.

야수화된 드루이드 킹을 한 방에 굴복시켰던 그 공격이었다.

포타의 스킬을 받아서인지 주먹의 위력이 자신의 레벨을 월등히 능가하고 있어 네피림 보스도 그 충격을 견디지 못하고 다시 바닥에 주저앉아 버렸다.

"쿠어어어!"

하지만 놈은 엄청난 고통 속에서 잔뜩 인상을 찌푸리면서도 아직 정신을 놓지 않고 있었다.

겉보기보다 훨씬 터프한 녀석이었다.

그것을 확인한 유정상이 빠르게 접근해 놈의 인중에 다시 한 번 주먹을 박아 넣었다.

콰앙!

"쿠어어어."

쿵.

그대로 정신을 잃은 놈이 바닥에 쓰러지고 말았다.

"헉. 헉."

유정상은 온몸에 무리가 갈 정도로 과도하게 움직인 탓에 엄청나게 헐떡이면서도 재빨리 쓰러진 놈에게 접근했다.

그리고 거대한 몸 위에 올라서서는 보조커서를 이용해 놈의 이마에 군주의 인장을 가져갔다.

그때 갑자기 놈의 왼손이 빠르게 움직이며 유정상을 덮쳤다. 아직까지 제 정신을 차린 것 같지는 않았는데 거의 본능적으로 이루어진 공격이었다.

그러나 그 기습적인 공격도 커서 방패에 의해 허무하게 막혀 버린다. 그 틈에 유정상은 얼른 군주의 인장을 이마에 박아 넣었다.

쾅!

치이이이.

"쿠어어어어!"

놈이 고통에 찬 비명을 지른다.

잠시 후 인장을 떼어내자 놈의 이마에 빛이 나기 시작했고 곧 놈이 깨어나서 몸을 일으키더니 유정상의 앞에 머리를 숙인다.

곧이어 전사의 영역이 걷히며 주변에 있던 네피림들도 고개를 숙였다.

이로써 네피림과의 전투는 전면전 없이 끝낼 수 있었다.

[군주의 인장이 네피림 보스의 머리에 새겨집니다.]

[군주의 인장이 새겨지며 이곳 지하세계 네피림 족의 충성을 받아냈습니다.]

[군주 포인트 300점이 추가됩니다.]

[네피림의 포인트 사용은 20점입니다.]

[단, 네피림의 소환 숫자는 10을 넘지 못합니다.]

[현재 군주 포인트는 총 920점입니다.]

[남은 군주 포인트는 302점입니다.]

['네피림의 인도자' 의 칭호가 주어집니다.]

네피림은 숫자에 제한이 걸려 있는지 10명 이상은 소환 불가란 제약이 보인다. 처음 등장할 때도 10명만 등장하더니 어쩌면 지금 존재하는 네피림이 10명뿐이라는 의미인지도 모른다는 생각을 했다.

[레벨이 올랐습니다.]

[30레벨을 달성했습니다.]

드디어 30레벨이 되었다.

그와 동시에 붉은 길도 끝이 보이고 있었다.

길 끝에 있는 검은색의 이글거리는 게이트.

포탈이 보이자 이제야 끝났음을 실감하고는 전신에 맥이 풀리는 걸 느꼈다.

"에휴. 쉽지 않네."

"그래도 부하가 많이 생겨서 좋다. 주인."

"부하라니, 누가 부하야."

"군대는 짬밥 순이다. 주인."

"짬밥은 또 어디서 주워들은 거야?"

유정상이 어이없어하다 하늘에서 퍼덕거리며 날고 있는 드레이크를 바라보았다.

계속 유정상의 마나를 소모하고 있는 드레이크를 역소환시킨 후에 주코와 백정을 데리고 길의 끝에 있는 포탈에 들어갔다.

번쩍하는 느낌과 함께 포타 노인의 거실이 눈앞에 나타났다.

"어서 오게."

포타 노인이 주름살이 가득한 얼굴로 웃으며 그들을 반겼다.

"길의 끝이 이곳으로 연결되어 있었군."

"그렇다네. 어찌되었건 내게 주어진 임무도 이걸로 끝이 난 것이군."

"임무?"

"그렇네. 사실 난 지금까지 이유도 모르고 이곳에 갇혀 지내야 하는 저주를 받았었지. 그 덕분에 아직 죽지도 못하고 이렇게 홀로 지내고 있었던 것이네. 그런데 갑자기 100년 만에 새로운 방문자가 왔다는 건 뭔가 내가 해야 할 일이 있다는 것이 아니겠나. 그리고 이어서 자네에게 앙테크리스트가 부활을 했으며 또 제거해야한다는 이야기를 듣고 보니 내가 마지막으로 해야 할 일을 깨달았네."

포타 노인도 유정상에게 자신의 스킬을 전수해주고 곧이어 자신은 절대 들어갈 수 없었던 전사의 시험장 '튜토리얼'

에 안내를 해주는 걸로 자신의 임무가 마무리되었음을 알게
되었다.

그리고 유정상이 그 전사의 시험장을 클리어 함으로써
그 임무가 성공적으로 끝난 것이다.

그와 동시에 포타 노인의 몸에 빛이 일기 시작했다.

"자네 덕분에 이제야 고된 몸을 쉴 수 있을 것 같군."

"어? 갑자기 그게 무슨 소리야?"

"고맙네."

그렇게 말하며 서서히 늙은 고블린의 몸이 사라져갔다.
마지막의 고맙다는 말은 완전히 사라진 다음에 허공에서
들려오는 느낌이다.

"저 영감. 자기 할 말만 하고 사라지네?"

주코가 황당해하며 투덜거렸지만 어쩐지 유정상은 별말
이 없었다.

포타 노인의 마지막 눈빛이 그동안 힘들었던 세월의 무
게를 느끼게 해 주었기 때문이었다.

그리고 그가 사라짐과 동시에 유정상의 눈앞에 새로운
포탈이 열렸다.

파지직.

유정상과 소환수들이 그곳으로 빨려들어 가듯이 들어가
버렸다.

그리고 곧바로 처음 도착했던 돌산의 꼭대기가 눈에 들
어온다.

그들이 주변을 두리번거리는 사이, 바닥을 울리는 진동과 함께 자신들이 내려갔던 그 구멍을 커다란 바위가 막아 버렸다.

그리고 그 커다란 바위에 새겨진 시계에 유정상이 박아넣었던 '멈춤의 키'도 빛을 뿌리더니 곧 사라져 버렸다.

[멈추었던 시간이 다시 본래대로 흐르기 시작합니다.]

[미션 완료]

[보상으로 군주 포인트가 복구되며 현재 보유한 920점 모두 사용가능해 집니다.]

[레벨이 올랐습니다.]

[31레벨이 되었습니다.]

"아싸. 레벨이 올랐다!"

"삐이이!"

유정상뿐만 아니라 두 녀석도 레벨에 변화가 있었는지 엄청 좋아한다.

그 모습을 보고는 피식 웃으며 말했다.

"이제 미션을 마무리하러 가볼까?"

"불가능하다니까."

"이자식이!"

"아야!"

사방에서 끝없이 몰려드는 언데드 몬스터로 인해 1천여 명의 헌터들은 전투를 강행할 수밖에 없었고, 결국 수많은 사상자가 발생하고 말았다.

몰려드는 언데드의 숫자도 점점 늘어나서 이미 1천에 육박하고 있었다.

하지만 문제는 그 사이사이로 중급 이상의 언데드 몬스터가 포함되어 있었으며, 그 수 또한 적지 않았다. 그들을 상대하는 헌터들의 상황은 점차 나빠지고 있었다.

헌터들의 리더인 4급 헌터 윤환태를 위시하여 세 명의 5급 헌터들이 전면에서 수백 명의 6급 헌터들과 합심해서 잘 대응하고 있었기에 적들의 공세를 어떻게든 막아내고 있었다.

하지만 부상자들이 꾸준히 발생하고 있었고, 몬스터들은 그 수가 줄어들 기미가 보이지 않았다.

시간이 흐를수록 수세에 몰리는 것은 당연한 일이었다.

이러한 악조건의 상황에서 그나마 다행스러운 것은 고지를 선점했다는 사실과 더불어 그나마 임시방편으로 방어벽을 쌓아 피해를 줄이고 있다는 것이었다.

그러나 이마저도 언제까지 버틸 수 있을지 장담 할 수 없는 상황이었기에 헌터들은 육신적, 정신적으로 지쳐가고 있었다.

이미 플레임 길드의 낙오된 인원들을 구출하겠다는 대의 명분 따위가 어찌되건 상관없었다.

지금은 자신들의 목숨을 부지해 이곳을 빠져나가야 한다 는 것만이 그들의 머릿속을 맴돌았다.

커서 마스터
Cursor Master

2. 상급마족의 위엄

커서 마스터

Cursor Master

2. 상급마족의 위엄

공지훈은 헌터들의 사정을 듣고는 그냥 모른 채 할 수가 없어 그들을 따라 헌터연합이 모여 있는 곳으로 향했다.

그리고 얼마지 않아 그들과 조우했다. 하지만 공지훈이 도착했을 때, 상황은 이미 최악으로 치닫고 있었다.

"크워어어!"

"야아아아!"

"크아아악!"

"크엑!"

언덕을 넘어 들판에 펼쳐진 전장이 눈앞에 펼쳐지자 눈을 의심해야만 했다.

"씨발, 이거 무슨 상황인거야?"

공지훈 근처에 있던 헌터들도 경악에 찬 눈을 하고 아래를 바라보았다. 직접 눈으로 보면서도 지금의 상황을 쉽게 믿기 힘들 지경이었다.

수를 헤아릴 수 없을 정도로 몰려드는 언데드들의 공격에 헌터들이 거대한 바위산으로 점점 뒤로 후퇴하는 모습이 눈에 들어왔던 것이다.

"젠장, 이게 도대체 뭐야? 어디서 이렇게 많은 놈들이 몰려나온 거지?"

"어쩌지? 우리라도 뭔가 해야 하지 않을까?"

"우리가 이 싸움에 끼어든다고 달라질건 없어."

그렇게 말하며 공지훈의 눈치를 보는 헌터들.

그들 중 한 명이 작은 소리로 수군거렸다.

"아무리 블랙로브라도 이런 전투를 뒤집지는 못해."

"쉿."

공지훈의 귀에도 들렸지만 그건 맞는 말이다.

자신이 아니라 천하의 유정상이 나타나서 무슨 신비로운 일을 벌인다고 한들 불리한 전세를 뒤집기는 불가능해 보였다. 물론 공지훈이 보기에는 그가 이런 싸움에 끼어들 것 같지도 않았지만 말이다.

"난 나갈래. 씨발. 돈이고 나발이고 일단 나부터 살아야지. 안 그래?"

"그건 그렇지만……."

대다수의 헌터들이 공지훈의 눈치를 계속 살핀다. 그러자 공지훈은 살짝 인상을 찌푸리며 별거 아니라는 듯이 말했다.

"나가는 건 당신들 마음이니까 내 눈치를 볼 거 없잖아."

무덤덤한 척 하고 있지만 어느새 공지훈의 목소리가 냉담해졌다.

굳이 이런 인간들에게까지 높임말을 쓰고 싶지 않아서였다.

툭.

그리고 귀환석 하나를 그들에게 던져주었다.

그러자 대부분 헌터들의 표정이 밝아졌다.

그리고는 얼른 귀환석으로 출구 게이트를 열더니 바쁘게 빠져나가기 시작했다.

어쭙잖게 의리를 따지다가 의미도 없이 죽는 것 보다, 후에 비탄을 받으며 굴욕감을 느끼더라도 살아 있는 게 중요한 일이다.

그렇게 대부분의 헌터들이 서둘러 게이트로 들어갔다.

출구 게이트가 열려 있는 시간이 정해져 있긴 했지만 그들이 모두 나가는 데는 문제없다.

힐끔거리며 공지훈의 눈치를 살피는 그들로서는 빨리 이 자리를 뜨고 싶을 뿐이었다.

"쳇. 저들이 옳은 거지."

모두 나갔다고 생각한 공지훈이 투덜거리듯 중얼거리다 곧 그때까지도 한 사람이 나가지 않았다는 걸 알게 되었다.

"당신은 왜 나가지 않은 거지? 아직 출구게이트의 시간은 충분하니 나가보라고."

"아뇨. 난 당신과 남겠습니다."

"개죽음이라도 당하겠다는 거야?"

공지훈은 그의 선택이 선뜻 이해가 가지 않는다는 표정으로 물었다. 그러자 그 사내는 두 눈을 반짝이며 존경심 가득한 표정으로 공지훈을 바라보며 말했다.

"당신의 능력을 보고 싶을 뿐입니다."

"큭큭큭."

공지훈이 웃었다.

그리고는 곧 입을 열었다.

"던져 버려."

그의 말이 떨어지기가 무섭게 돌거인이 빠르게 몸을 움직여 남은 헌터 한 명을 붙잡았다.

헌터는 순식간에 벌어진 일이었기에 피하지 못했고, 그의 몸은 이내 돌거인에게 붙잡힌 채로 순식간에 허공을 날았다.

"으아악!"

비명을 지르며 날아가던 헌터는 게이트 속으로 빨려 들어가 버렸다.

그 모습을 본 공지훈이 어이가 없다는 표정으로 고개를 절레절레 흔들었다.

"어디서 저런 참신한 헛소리를……. 내가 보모인줄 알아?"

❖ ❖ ❖

돌산에서 내려온 유정상이 커서의 방향을 확인하며 다시 이동을 시작했다.

그러나 무심한 척하며 걷고 있었지만 유정상은 앙테크리스트라는 존재에 대한 부담감 때문에 발걸음이 무겁기만 했다.

주코가 신나게 떠들 때만 해도 그러려니 했었지만 포타 노인의 말까지 듣고 보니 더 이상 무시하기 어려웠던 탓이다.

그나마 희망을 걸고 있는 부분은 있었다. 주코에 말에 따르면 앙테크리스트가 자신의 힘을 완전히 되찾지는 못했다는 것이었다.

과거 100년 전과 달리 앙테크리스트가 다른 마족들에게 밀려 변두리로 쫓겨났다는 것으로 볼 때, 그의 영향이 약화되었다는 것이 단순한 추측은 아닌 듯했다.

그 때문에 아마도 자신의 세력을 더욱 키우기 위해 차원의 균열을 공략했을 것이란다.

물론 앙테크리스트가 약해졌다고 해도, 유정상이 그를 무조건 이길 수 있다는 의미는 아니었다.

그래도 조금의 희망이 보이는 건 사실이었으니까.

주코와 앙테크리스트에 대한 이야기를 나누다 보니, 차원의 균열이라는 것이 이미 마계의 여러 곳에 만들어져 있고,

그것과 연결된 던전이 제법 된다는 내용을 듣게 되었다.

진행되는 상황을 보아 짐작하건대, 차원의 균열들을 모두 막을 때까지 커서의 미션이 계속되는 것은 아닐까 하는 생각도 들었다.

뭐, 아니면 말고 식의 생각과 함께.

이런 저런 잡념에 빠져 있는 사이 하급 몬스터들 그의 주변에 나타났다.

광폭 뿔사슴, 던전 불곰, 붉은 표범 등등…….

던전의 중심과 제법 떨어져 있다 보니 이런 하급의 몬스터들도 많이 보였다.

놈들은 유정상을 발견하자마자 호기롭게 달려들었지만, 유정상의 가벼운 펀치 한 방씩을 얻어맞고 순식간에 전멸했다.

귀환석과 함께 소량의 골드를 덤으로 남긴 채.

귀환석은 던전을 나가면 쓸모가 없는 물건이었지만, 과거로 회기하기 전 오랜 기간을 하급 헌터로 지냈던 유정상은 그것의 귀중함을 여실히 알고 있었기에 귀환석부터 챙겼다.

그렇게 커서가 가리키는 방향을 따라 이동하며 나타나는 하급몬스터들을 하나하나 처리했다.

던전의 외곽이라 그런지 한동안은 등급에 맞지 않는 몬스터들만 볼 수 있었다.

그러다가 어느 순간부터 던전의 등급에 맞는 몬스터,

66 **커서 마스터** 4
       Cursor Master

언데드들이 모습을 드러내기 시작했다.

스켈레톤 병사들과 좀비.

퍼억. 퍼억. 퍼억.

그러나 언데드라고 해봐야 한 방에 소멸하기는 매한가지.

주코나 백정이 나설 여지도 없었다.

물론 소환수가 나서면 편하기는 하지만 녀석들이 몬스터를 잡으면 아이템과 골드가 나오지 않았다. 기껏해야 뼈와 같은 부산물이 전부였다.

그래서 조금 귀찮더라도 가벼운 운동이라고 생각하며 직접 사냥에 임하고 있었다.

물론 상대가 다수라면 소환수 두 녀석들을 부리는 건 당연한 일이었지만.

그렇게 던전의 중심을 향해 이동하다 보니 점점 많은 숫자의 언데드들이 출몰하기 시작했다.

구울, 좀비, 드라우그.

그래봐야 공격력이 엄청나게 강화된 그에게는 모두 한 방에 처리할 수 있는 허깨비 같은 녀석들이었다.

유정상은 포타를 만나기 전과 전혀 다른 수준의 각성자가 되어 있었다.

그렇게 한 방에 한 마리씩 소멸시키며 아이템들을 수거해 나가던 도중 문득 언덕 너머 먼 곳에서 소란스런 소리가 들려왔다.

마침 커서가 가리키는 방향도 그쪽이었기에 얼른 언덕에 올라서자 소란스럽던 소리의 정체를 확인할 수 있었다.

언덕 너머에는 엄청난 숫자의 언데드들이 떼로 몰려 한쪽 방향으로 이동하고 있었던 것이다.

유정상도 이렇게 많은 숫자의 언데드가 한꺼번에 이동하는 모습을 본 적이 없었기 때문에 무척 신기했다.

하지만 그것들이 이동해 가는 방향의 끝으로 제법 많은 수의 사람들이 보이자 자신도 자신도 모르게 미간이 찌푸려졌다.

"뭐야? 여기서 전쟁이라도 하고 있는 건가?"

지금의 상황을 정확히 이해하지 못하던 유정상이 머리를 긁적였다.

하지만 사람들이 부상을 입고 있는 모습을 보고 있으니 그냥 가만히 지켜볼 수는 없는 상황이었다.

"주인, 아무래도 놈이 움직이기 시작한 것 같다."

주코가 은신의 마법을 사용한 채 유정상 곁으로 다가오며 말했다. 인간들의 모습이 보이고 있으니 몸을 숨긴 것이다. 물론 백정도 일찌감치 땅속으로 이동하고 있었다.

"몬테……."

"앙테크리스트라고!"

"뭐가 됐건."

그런데 그때 갑자기 누군가 반가운 목소리로 인사하면서 유정상에게 다가왔다.

"여기 있었네."

익숙한 음성에 유정상이 고개를 돌리자 먼저 커다란 돌 거인이 눈에 들어온다.

그리고 그 앞에 있는 인간.

"너 집에 돌아가지 않았냐?"

"아, 미안. 그냥 돌아가려니까 미련이 남아서. 그런데 누 구랑 이야기하고 있던 것 같던데."

"그냥 혼자 중얼거린 거니까 신경 꺼라. 그나저나 너 파 파라치냐?"

"귀찮게는 하지 않을게."

"냄비는 필요 없나 보구만. 역시 하찮은 물건이라는 건 가?"

"절대 그렇지 않아!"

유정상이 스쳐 지나가듯이 말하자, 공지훈은 단호한 표 정으로 대답하며 강렬한 눈빛을 마주쳐 온다.

자신의 진심을 내보이고 싶다는 의미의 행동이었다.

반쯤은 장난으로 던진 말이었지만, 그 어느 때보다 더 진 지해 보이는 공지훈의 모습에 유정상은 그냥 피식 웃을 뿐 이었다.

"농담인데 너무 진지한 표정 짓지 말라고."

유정상의 말을 듣고서야 공지훈이 겨우 굳어진 표정을 풀었다.

그리고는 곧바로 이야기를 시작했다.

"그나저나 지금 여기 상황이 좋지 않아. 그냥 밖으로 나가서 사람들에게 알려야 하지 않을까?"

"넌 돌아가서 그렇게 해. 난 할 일이 있으니까."

"이 와중에 넌 뭘 하려고?"

"있어. 그런 게."

그렇게 말하고 유정상은 언데드가 있는 곳으로 내려가기 시작했다. 그의 무모한 행동에 공지훈이 깜짝 놀라며 큰 소리로 외쳤다.

"유정상. 거긴 위험하다고. 가지마."

"시끄러. 넌 빨리 나가기나 해."

순간 언덕을 달려 내려가는 유정상 주위로 갑자기 번쩍 빛이 일었다.

그리고는 곧이어 그 빛 속에서 수십 마리의 우람한 판들이 모습을 드러낸다.

갑자기 유정상의 옆으로 엄청난 위압감을 뿌리는 몬스터들이 나타나자 공지훈의 눈이 찢어질 듯이 커졌다.

"뭐, 뭐야?"

유정상이 블랙로브로 활동하면서 원숭이 종류의 몬스터를 소환수로 부린다는 건 공지훈도 알고 있었지만, 상위 등급의 몬스터인 판을 불러내는 능력이 있을 거라고는 미처 상상도 하지 못했기에 당황할 수밖에 없었다.

하지만 공지훈이 놀라든 말든 상관없이 유정상의 주위에 생겨난 판들은 무섭게 달려 나가면서 주변을 휩쓸기 시작했다.

콰가가강.

"쿠어어어어!"

판들이 소리를 지르며 스켈레톤이나 좀비들을 한 방에 부숴 버리며 전진을 시작하자 대규모 언데드들이 모여 있던 그곳은 모세의 기적이라도 벌어진 듯 양쪽으로 갈라지며 길이 생겨나기 시작했다.

그 모습을 뒤에서 지켜보고 있던 공지훈은 경악했다.

"저 자식, 진짜 인간 맞어?"

잠시 멍하게 있던 공지훈은 이내 정신을 차렸고, 그 역시도 한몫 거들기 위해 돌거인을 싸움터로 보냈다.

돌거인의 주먹이 휘둘러질 때마다 언데드도 한 마리씩 나가떨어지기 시작한다.

그 모습을 곁눈질로 보던 유정상이 고개를 살짝 돌려 언덕위의 공지훈을 바라보며 중얼거렸다.

"돌아가라니까. 자식이."

투덜거리는 음성이었지만 그래도 돌거인은 나름 도움이 되었기에 유정상도 곧 신경을 끊고는 주먹을 휘두르며 언데드들을 정리하기 시작했다.

콰가가가가.

유정상이 주먹을 한 번 내지를 때마다 한꺼번에 서너 마리의 언데드가 박살나거나 터져 나간다.

화염을 실어 날리고 싶지만 그렇게 하면 사체에 손상이

가 부산물의 가치가 떨어지기 때문에 되도록 충격만으로 언데드를 쓰러뜨렸다.

그렇게 힘을 억제하고 있었지만, 그의 등장만으로 전세는 급격하게 뒤집히기 시작했다.

궁지에 몰려 앞날을 걱정하던 연합 길드원들은 갑자기 언데드들의 공세가 주춤거리며 분위기가 변해가자 웅성거리기 시작했다.

그때 언데드들의 뒤쪽에서 요란한 전투소리가 들려왔고, 이를 확인한 누군가가 길드원들을 향해 소리쳤다.

"몬스터들과 언데드가 싸우고 있어!"

"뭐?"

"정말이야?"

"블랙로브다! 블랙로브가 나타났다!"

그 말에 모두의 시선이 언데드들의 후미로 향했다.

누군가의 외침처럼 일반 언데드를 능가하는 다수의 2미터급 거구 몬스터들이 나타나서 언데드들을 몰아붙이고 있었다.

헌터들은 의아했다.

제법 오랫동안 헌터 생활을 해 온 경력자들이 대부분 이었지만, 판은 7성급 던전에서나 간혹 볼 수 있을 만큼 희귀한 몬스터였기 때문이었다.

그렇게 흔치 않은, 그리고 강력한 몬스터들이 인간의 명령을 따르는 모습은 그들에게도 무척 생소했고, 무지막지한 기세로 언데드들을 몰아붙이는 광경은 전율이 느껴질 만큼 놀라웠다.

그 때문일까.

오랜 전투로 지쳐 있던 각성자들이 엄청난 몬스터들을 이끌고 나타난 블랙로브로 인해 힘을 얻었는지, 다시금 언데드들을 몰아붙이기 시작했다.

"우측 편을 맡아!"

"이쪽 지원해!"

"와아아아아!"

헌터들이 남은 힘을 쥐어짜 사력을 다해 공격해 들어갔다.

그렇게 한 시간 가량의 전투가 이어지고 나자 곧 언데드들과의 싸움이 마무리되었다.

불가능에 가까운 전투였지만, 블랙로브의 가세로 기세가 역전되어 의외로 쉽게 마무리 지어진 것이다.

집단 간의 싸움에서 기세싸움이 승패에 얼마만큼 영향을 끼치는지 다시금 확인할 수 있었다.

주변에 잔뜩 깔려 있는 언데드와 각성자들의 사체, 그리고 부상자들.

커다란 덩치의 판 사이에 있던 블랙로브 유정상이 근처에 있던 각성자에게 귀환석 하나를 툭 던졌다.

그것을 받은 사람이 영문을 몰라 하다가 주변을 돌아본다. 그리고 리더인 윤환태 쪽을 바라보았다.

그의 시선을 받은 윤환태가 김석호와 함께 유정상이 있는 곳으로 다가왔다.

"고맙소. 블랙로브."

"그건 됐고, 모두 빠져나가. 안 그러면 전부 죽을지도 모르니까."

"뭐?"

초면에 반말 짓거리를 하는 블랙로브의 행동에 윤환태는 자신도 모르게 인상을 일그러뜨렸다.

지금껏 누구에게나 존경 어린 말투 외에는 들어보지 못했기에 자신을 무시하는 듯한 말투에 더 민감하게 반응했다.

내버려 두면 상황이 나빠질 것 같아지자 곧바로 곁에 있던 김석호가 나섰다.

"이유가 뭡니까? 전부 죽을지도 모른다니."

"이게 전부가 아니야. 더 무서운 놈이 올 거니까. 지금이라도 빨리 나가는 게 좋을 거다."

"당신이 그걸 어떻게 아는 겁니까?"

"겨우 이 정도로 끝낼 리가 없지."

"그러니까 어떻게 그걸……"

"못 믿겠으면 알아서들 하라고."

거기까지 말한 블랙로브는 더 이상 상관하지 않겠다는 듯이 몸을 돌려 걸어가기 시작했다.

그런데 상당히 지친 모습으로 서 있는 송대호의 모습을

보고는 다시 발걸음을 멈춘다.

송대호는 일단 자신이 형식적으로나마 소속되어 있는길드의 장이었고, 미래에선 목숨의 도움을 받았던 사람이었기에 모른 척 할 수가 없었다. 그래서 곧 그에게 다가갔다.

이 집단에서는 가장 말단인 7급 헌터라서 고생이 심했던모양인지 그가 입고 있던 슈트는 엉망이 되어 있었고 전신은 자잘한 상처로 뒤덮여 있었다.

잠시 그를 바라보다 그에게도 귀환석을 하나 내밀며 물었다.

"길드에선 혼자 온 건가?"

음산한 목소리에 움찔한 송대호가 고개를 살짝 흔들었다.

"아, 아닙니다. 몇 사람 더 있습니다."

"그럼 그들만이라도 데리고 빨리 나가. 안 그러면 목숨은 보장 못해."

하지만 송대호는 고개를 가로저었다.

"저희들만 빠져나갈 수는 없습니다."

"모두 죽을지도 모른다. 그래도 괜찮은 건가?"

"헌터란 원래 그런 직업입니다."

그 말에 유정상이 피식 웃고 말았다. 하지만 어둠에 가려진 얼굴이라 표가 나진 않았다.

그런데 그 모습에 심기가 불편해진 사람이 있었다.

그는 바로 이 원정대의 리더인 윤환태였다.

"감히, 누구마음대로 그런 명령을 내리는 것이냐? 이곳의 리더는 나다!"

화가 난 윤환태가 소리치며 성큼성큼 블랙로브 쪽으로 다가왔다.

그러자 판 한 마리가 윤환태의 앞을 가로막았다.

윤환태가 먼저 내뿜는 적의에 반응해서 움직인 것인데, 그로서는 그런 판의 움직임이 블랙로브가 자신을 적으로 간주하는 행동처럼 여겨졌다.

"이딴 쓰레기 몬스터 따위로 날 막겠다는 거냐?"

버럭 소리를 지르더니 자신의 화염검을 꺼내들고는 판을 향해 휘둘렀다. 분노한 윤환태의 진심이 담긴 공격이었다.

터엉.

판이 자신의 방패를 이용해 윤환태의 화염검을 막아냈지만 그 충격에 튕겨나가 바닥을 뒹굴었다. 하지만 그 모습에 윤환태의 눈썹이 휘말려 올라갔다.

설마하니 저런 몬스터 따위가 자신의 검을 막아낼 것이라곤 전혀 예상하지 못한 탓이다.

판이 강한 몬스터라는 것도 알고 있고 실제로 7성급 던전에서 출몰하는 놈이긴 해도 자신이 진심을 다해 휘두른 검을 정면에서 받아낸다면 방패와 함께 절단 나야 정상이었다. 원래의 레벨이라면 말이다.

"이런 망할 몬스터 놈이!"

더욱 분노한 윤환태가 다시 검을 들어 쓰러진 판에게

달려들려 하자 갑자기 나타난 검은색의 검이 그의 앞을 가로막았다.

"……!"

일순 놀란 윤환태가 흠칫하며 공격을 멈추었다. 의외의 상황에 깜짝 놀라긴 했지만 그러고 보니 블랙로브가 염동력을 쓴다는 말이 문득 떠올랐다.

"이번엔 그냥 넘어가 줄 테니 그만하지."

상대를 배려해주는 유정상의 말이었다. 하지만 음산한 음성의 블랙로브가 그렇게 말하자 윤환태는 그가 자신을 조롱하고 있다고 느꼈다. 그리고 동시에 이마에 굵은 핏대가 섰다.

"개놈의 자식이 죽으려고!"

자신의 화염검을 이번엔 블랙로브에게 휘둘렀다.

누구도 설마 이런 일이 발생할거라고는 짐작도 못하던 상황에서 갑자기 벌어진 일이라 아무도 말릴 틈이 없었다.

곁에 있던 김석호마저 이런 어이없는 상황에 그저 멍하게 있을 뿐이었다.

터엉!

하지만 윤환태의 검은 갑자기 허공에서 나타난 방패에 의해 가로막혔다. 이해할 수 없는 상황에 그의 눈이 부릅떠졌다.

이런 방패가 있다는 건 4급 헌터인 윤환태라고 해도 듣도 보도 못한 일이었기 때문이었다.

"미친놈이었군."

차갑게 말한 블랙로브가 고개를 돌리더니 곧바로 방패가 사라짐과 동시에 공중에 떠 있던 검은색의 검이 윤환태에게 달려들었다.

"익!"

윤환태가 자신의 검으로 그것을 쳐냈지만 완전히 튕겨지지 않고 계속 달려들었다. 정교한 검술은 아니었지만 마치 이기어검술처럼 사람은 없고 검만 공격해 들어오는 상황이라 방어 외에는 할 것이 없었고 또한 자신의 빈틈을 노리고 들어오는 공격이었기에 상대하기 여간 쉽지는 않았다.

창. 창. 창. 창.

공중에 떠 있는 검은색의 검이 주는 묵직한 충격에 미간을 찌푸리며 자신의 화염검을 휘둘렀다.

그 모습을 아무런 자세도 잡지 않고 편안하게 선 자세로 바라보고만 있는 블랙로브.

슬쩍 보기에 완전히 무방비한 모습이었다.

순간 윤환태가 허공의 검을 강하게 쳐낸 후에 블랙로브의 허점을 노리고 달려들었다.

그러나 미동도 하지 않는 블랙로브로부터 알 수 없는 엄청난 에너지가 갑자기 날아들며 윤환태를 강타했다.

퍼엉. 퍼엉.

"커억!"

눈에 보이지 않는 힘이었지만 거의 반사적으로 몸을

틀어서 한 번은 비스듬히 튕겨내고 다른 하나는 겨우 피해내면서 바닥에 착지한 후에 겨우 균형을 잡았다.

그리고는 윤환태가 씹어뱉듯 물었다.

"뭐, 뭐냐. 방금 그건."

"제법이네. 그래도 고위급 각성자라는 거군."

허리에 양손을 턱 걸친 블랙로브가 어깨를 으쓱이며 말했지만 그 장난스런 행동에도 윤환태는 결코 화를 내지 못했다. 방금 그 한 번의 공격만으로도 블랙로브가 자신 이상의 강자라는 걸 느낀 탓에 이젠 그의 반말도 별로 문제가 되지 않는다고 느껴졌다.

그 때문에 격앙되었던 그의 목소리도 조금 누그러져 있었다.

"네놈의 진짜 정체가 뭐냐? 다른 사람은 몰라도 난 네 녀석이 그 5급 각성자 녀석이라고는 생각하지 않는다."

결코 5급 헌터 따위가 이렇게 순식간에 자신을 제압할 수 있을 리가 없다고 생각한 윤환태의 말이었지만 블랙로브는 별로 관심 없어 보인다.

"내가 누군지는 중요한 게 아니지. 확실한 건 지금 이 모든 사람들의 생사를 네 녀석이 마음대로 결정할 권리가 없다는 것이다."

"뭣이?"

"나중에 후회하지 말고 빨리 나갈 사람들은 나가는 게 좋을 거야. 어쨌든 부상자라도 빨리 내보내라고."

블랙로브와 윤환태의 싸움을 멍한 모습으로 바라보던 사람들이 이번엔 부상자들이 모여 있는 곳을 바라보았다.

누가 봐도 부상자들은 이곳에서 먼저 나가야 하는 존재라는 건 분명했다.

윤환태의 표정이 일그러졌지만 블랙로브의 말은 틀리지 않았기에 반박할 말이 없었다.

어찌되었건 부상자들은 치료가 시급했기 때문에 지금은 부상자들부터 우선해서 내보내는 것이 옳았기 때문이었다.

모두가 자신을 바라보자 윤환태가 고개를 끄덕이며 말했다.

"부상자들을 먼저 내보내게."

그의 말에 가까이 있던 송대호가 얼른 귀환석을 가동시키자 주변에 잔뜩 쓰러져 있던 부상자들이 먼저 게이트 쪽으로 향했다.

그렇게 부상자들이 다 빠져 나가고 나자 남은 이들은 윤환태를 비롯한 이번 원정의 리더들 눈치를 보고 머뭇거렸다.

그것을 보고는 유정상이 스스로의 목숨조차도 선택하지 못하는 그 모습이 한심하다는 듯이 혀를 찼다.

"나머지는 안 나갈 건가? 쯧, 뭐 알아서들 하라고."

그런데 그 순간 출구게이트가 순식간에 사라져 버렸다.

원래라면 이렇게 빨리 사라질 리가 없으니 모두 의아해했다.

유정상이 가지고 있던 귀환석 중 하나를 다시 꺼내고 마나를 주입하자 곧 출구게이트가 생성되는가 싶더니 다시 그대로 사라져 버렸다.

"이런…… 이거, 늦은 거 같네."

유정상이 어깨를 으쓱하며 고개를 돌렸다.

먼 곳에서 검은 구름이 서서히 몰려들고 있었고 그 밑으로 검은 토네이도가 여러 개 생성이 되었다.

그 토네이도 사이로 엄청난 숫자의 뭔가가 다가오는 모습이 보인다.

얼핏 보기에도 2천은 가볍게 넘어보였다.

지평선 끝에 나타난 놈들이지만 시력을 집중하니 곧 그들의 정체를 확인할 수 있었다.

"언데드다!"

누군가 소리치자 모두가 웅성거렸다.

환자들이 모두 나가 현재 남아 있는 각성자의 숫자는 700명이 채 되지 않았다. 이들 중 대부분이 오랜 전투로 대부분 상당히 지쳐 있는 상태였다.

그런 그들에게 이전의 전투와는 비교할 수 없을 만큼 어마어마한 숫자의 언데드가 몰려오고 있다.

가장 앞에 오는 무리는 스켈레톤 병사들이었지만 그들 뒤로 좀비, 구울, 드라우그에 간간히 스켈레톤 나이트도 보였다.

비록 지금 블랙로브가 30여 마리의 판을 데리고 있다고는 해도 그것만으로 이런 압도적인 전세를 뒤집을 수는 없는 일이다.

대등한 병력으로 싸워도 승산이 있을까 말까한데 저렇게 압도적인 숫자라면 결과가 몰살인 것은 보나마나 뻔했다.

모두의 눈빛에 절망이 어린다.

그리고 블랙로브의 경고를 무시했던 윤환태에게 분노의 시선을 보냈다.

리더라는 존재가 쓸데없는 고집을 피워 모두의 목숨을 위험하게 만들었으니 원망스러웠던 것이다.

그런 시선 때문만이 아니더라도 윤환태 역시 먼 곳에서 다가오는 언데드의 군단을 보며 자신의 바보스런 행동을 저주하고 있었다.

그리고 주춤 거리며 블랙로브 쪽으로 다가갔다.

"……?"

"블랙로브. 내가 미안하오. 이제 와서 이런 말 해봐야 소용없겠지만."

절망 어린 표정의 윤환태가 고개 숙이며 사과하자 블랙로브가 잠시 말없이 그를 바라본다.

그의 얼굴이 보이지 않으니 생각을 읽을 수 없는 윤환태가 잔뜩 긴장했다.

그리고 곧 블랙로브의 낮은 음성이 들려왔다.

"누구라도 자신의 입장은 있지. 어찌되었든 그런 시시콜콜한 이야기는 나중에 하라고."

"그럴 기회가 있을 것 같지 않군요⋯⋯."

"아직 싸워보지도 않고 섣불리 결정을 내리지는 마. 결과는 아무도 모르는 거다."

"그야⋯⋯."

"그럼 시작해보자고."

그렇게 말한 유정상이 그에게서 멀어지며 소환 몬스터들이 모여 있는 곳으로 이동했다. 그리고 곧바로 군주 포인트를 사용했다.

[남은 군주 포인트는 모두 740점입니다.]

[얼마의 군주 포인트를 사용하시겠습니까?]

"모두."

[소환수의 배분은 미리 정해진 대로 하시겠습니까?]

"그래."

대규모 전투에 유리한 배분은 미리 정해두지 않으면 정작 위험한 상황에 즉각 대응할 수 없다는 것을 경험으로 어느 정도 알고 있었기에, 유정상은 유사시를 대비해 미리 지정해 두었다.

유정상의 대답과 동시에 소환수 무리에 판 20, 드루이드 70, 그리고 네피림 10의 숫자가 더 추가되었다.

이렇게 해서 판은 모두 50마리가 되었고 총 130의 숫자가 모습을 드러낸 것이다.

하지만 하나같이 엄청난 덩치를 자랑하는데다가 특히나 네피림의 경우엔 6미터 이상의 거인족이다 보니 겨우 10명만으로도 그 위세는 오히려 700명의 헌터들보다 더 강했다.

"쿠어어어어어!"

네피림들이 사방에서 포효를 지르자 판과 드루이드들도 따라서 소리를 질렀다.

"워워워워워워!"

"아우우우우!"

헌터들은 지금 모두 얼이 빠져 있었다.

갑자기 빛을 일으키며 다수의 판과 거대한 인간들이 모습을 드러내자 모두는 경악할 수밖에 없었다.

판 30마리를 이끌고 있는 모습의 블랙로브도 그 기세가 엄청났는데, 거기에 100마리의 소환수가 더 추가 되니 경악하지 않을 도리가 없었던 것이다.

거기에 10명은 엄청난 거인이다.

아직 알려지지 않는 인간형 거인들이 10명이나 떡 버티고 있으니 그것만으로도 위압감이 상당했다.

그리고 새롭게 모습을 드러낸 2미터 정도의 우람한 남녀들도 위압감을 주기엔 충분했다.

모두가 그들의 등장에 당황하면서도 동시에 블랙로브라는

사내에 대해 경외감을 가지게 되었다.

'인간이 맞을까?'

모두의 머릿속에는 이런 생각이 공통적으로 떠오르고 있었다.

마지막으로 블랙로브가 드레이크를 소환하자 공중에서 뭔가 번쩍했다. 그리고 퍼덕거리며 날아오는 거대한 비행 몬스터의 모습이 보였다.

드레이크의 갑작스러운 등장에 경악한 헌터들이 뒤로 물러섰다.

하지만 곧바로 드레이크가 블랙로브의 앞에 내려서고 그는 아무렇지도 않다는 듯 태연하게 그 등에 올라타자 모두 완악을 금치 못했다.

"어, 어떻게 저런……."

사람들이 지금 자신의 눈앞에서 벌어지는 일들이 믿겨지지가 않았다.

드레이크 같은 상급 몬스터를 실제로 본 사람도 드물뿐더러 저런 놈이 길들여질 거라고는 그 누구도 예상하지 못한 탓이다.

애초에 블랙로브의 등장 이전까지 몬스터가 길들여진 사례가 존재하지도 않았다.

어쨌건 오늘 있었던 일들은 정말 하나같이 모두 꿈을 꾸는 것 같은 일들뿐이었다.

모두가 놀라워하고 있는 사이에 블랙로브는 드레이크를

타고 공중으로 떠올랐다.

그 모습을 본 윤환태가 자신의 검을 슬쩍 들어서 확인하고는 곧 단호한 표정으로 유정상이 불러낸 몬스터 군단의 사이로 들어간다.

그의 표정은 이제 절망감 보다는 어쩌면…… 이라는 느낌의 희망이 물들어 있었다.

곧이어 다른 이들도 그를 따라 장비를 점검하고는 소환수들 사이에 끼어들었다.

거친 호흡과 함께 굉장한 기세의 몬스터들 사이에 있으니 묘한 기분이 되는지 모두의 표정이 복잡 미묘해 졌다.

그 속에 송대호와 그 팀원들 역시도 끼어 있었다.

그렇게 모두가 같이 섞여 하나의 팀을 이루었다.

하늘에 오른 유정상이 곧바로 전투 지휘에 관한 화면을 눈앞에 불러들였다.

이제까지는 대규모의 숫자를 이용한 체계적인 전투를 할 기회가 없었지만 지금은 그 필요성이 느껴졌기 때문이었다.

[전투 지휘 스킬이 발동합니다.]

그렇게 메시지가 떠오르자마자 눈앞에 판과 드루이드, 그리고 네피림의 그림과 함께 밑에 숫자가 표시된 그림이 나타났다.

[부대 지정을 하시겠습니까?]

"하겠다."

그렇게 대답하니 화면이 다시 소환수의 종류로 나뉘어 지정되었고 그곳에 적절한 숫자의 소환수들을 배치시켰다. 그러자 공격대형을 고르라는 글자가 떠오름과 동시에 몇 가지 대형이 눈앞에 나타났다.

그 상태에서 일단 상대의 진영을 살피니 뭉쳐 있는 형태다.

그래서 옆으로 길게 펼치는 대형을 선택했다.

물론 주술사형 드루이드들은 후방에 배치해 그들을 지원하게 했다.

양쪽 끝엔 속도가 빠른 판들 위주로 배치했고 중심엔 힘과 방어력, 공격력이 가장 좋은 네피림을 세웠다.

그것을 결정하자마자 모든 소환수들이 능숙한 전투원처럼 빠르게 움직여 길게 늘어섰다.

마치 훈련된 군인처럼 절도 있게 움직이는 소환수의 모습을 보던 헌터들이 모두 경악했다.

인간도 아닌 무리들, 물론 인간처럼 보이는 드루이드들이 끼어 있긴 했지만 그렇다고 해도 몬스터라고 생각한 무리들이 저렇게 능숙한 움직임으로 대열을 갖추는 것은 정말 놀라운 모습이었기 때문이다.

"공격."

유정상이 중얼거리듯 말하자 130의 숫자가 일제히 이동하기 시작했다.

전투 지휘 스킬이 발동되면서 소환수들이 유정상의 생각을 정확히 읽은 덕분에 완벽하게 짜인 쐐기형으로 전진해 나갔다.

그런 소환수들 뒤를 따르는 700의 헌터들 모습까지 더해지니 꽤나 장관이다.

유정상이 드레이크를 타고 빠르게 하늘을 날아 언데드의 집단 가장 앞자리에 있는 녀석들을 살폈다.

먼 곳에서만 보았을 때는 몰랐는데 어느 정도 다가가니 엄청난 규모에 질릴 것 같은 기분이었다. 대충 봐도 2,500에서 3,000정도. 거기다 언데드들도 제법 강한 놈들이 많이 끼어 있다는 사실에 긴장할 수밖에 없었다.

놈들 중 몇 마리는 드레이크를 향해 창을 던지는 놈도 있었다.

하지만 워낙 높은 상공이었던 탓에 창은 대부분 닿지 않았고 날아오더라도 그 위력은 떨어져 피하기 어렵지는 않았다.

다음순간 드레이크의 등에 앉아서 아래를 내려다보고 있던 유정상의 눈빛이 날카롭게 빛났다.

"이제 시작하자."

"크아아아아아!"

유정상의 의지를 받은 드레이크가 크게 포효하며 아래로

활강을 시작했다.

그리고는 곧이어 아가리를 크게 벌렸다.

콰아아아아아아.

드레이크의 입에서 엄청난 온도의 불길이 뿜어져 나갔다.

그리고 땅위에 있던 많은 숫자의 언데드를 모두 덮을 것처럼 엄청난 불기둥이 쏟아져 내렸다.

화아아아아악.

드레이크가 이동하며 화염 브레스를 쉬지 않고 뿜어내자 마치 화염방사기와도 같은 불길이 바닥을 긁고 지나간다.

그리고 순식간에 앞쪽에서 공격해오고 있던 수백의 언데드들이 꺼지지 않는 불길에 휩싸였다.

"저, 저게 말이 돼?"

헌터들이 먼 곳의 전방에서 일어나는 믿기 힘든 광경에 경악하고 있었다.

얼핏 봐도 2천은 가볍게 넘을 듯한 언데드 무리의 상공을 날고 있던 드레이크가 눈 깜빡할 사이에 바닥까지 내려와서 화염을 뿜어내자 드넓은 대지가 온통 불바다가 되어버리는 모습은 충격 그 자체였다.

만약 반대로 저 공격을 받는 입장이었다면 그야말로 지옥이었으리라.

일반 헌터와 마찬가지로 리더인 윤환태 역시도 이번 공격에 대해서는 정말 입을 다물지 못하고 있었다.

그리고 방금 전에 자신이 블랙로브에게 했던 짓을 떠올리자 등줄기에 식은땀이 흘러내린다.

만약 그가 마음만 먹는다면 이 헌터들의 집단 따윈 순식간에 재가 되어 버릴 것이라는 걸 확신했기 때문이었다.

마지막에라도 그에게 사과했다는 사실에 조금은 안도하면서 이 싸움을 포기하긴 이르다는 그의 이야기도 이해할 수 있게 되었다.

"블랙로브와 적이 아니라는 것만 해도 다행이다. 진짜."

"누가 아니래?"

헌터들이 불바다에서 괴로워하며 쓰러지고 있는 언데드들의 모습을 보며 질린 표정으로 대화한다.

그런 와중에도 열을 맞춰서 걸어가는 소환몬스터들의 걸음걸이는 점점 빨라져가고 있었다.

엄청난 화염 때문에 이미 300마리 이상의 몬스터가 재가 되어 쓰러졌다.

하지만 그 사이사이에 있던 고위급 언데드들은 불길을 헤쳐 나오고 있었다. 커서로 대충 확인해보니 20이상의 레벨을 가진 놈들은 화염의 불길만으로는 쓰러뜨리기엔 한계가 있었다.

거기다 드레이크도 마냥 이렇게 계속 화염을 난사할 수는 없었다.

어차피 소환수들과 헌터들이 뒤섞어 싸우는 난전이 시작

되면 사용할 수 없는 방법이었기에 쓸 수 있는 한계까지 다 써 버린 것이다.

그렇게 한동안 놈들의 머리위에서 불을 내지르던 중 언데들 사이에 있던 스켈레톤 나이트들이 자신이 들고 있던 창을 공중으로 쏘아 올렸다.

레벨이 23이 넘는 놈들이라 그런지 창에 위력이 실려 있었다.

그런 창 백여 개가 동시에 드레이크를 향해 날아들자 그것을 모두 피하는 건 불가능해 보인다.

하지만 유정상도 이런 상황을 예측하지 못한 것은 아니었다.

텅.텅.텅.텅.텅.

커서 방패가 드레이크 주변에 생성되며 순식간에 모든 창들을 막아냈다.

얼핏, 하나의 방패로는 도저히 막아내기 불가능해 보이는 숫자였지만 커서 방패는 순간이동과 같은 움직임으로 그것들을 착실하게 막아내고 있었다.

혹시 몰라 커서 방패가 놓치는 적의 투척무기를 쳐낼 준비를 하고 있던 유정상은 예상보다 더 뛰어난 커서의 활약에 만족스러운 미소를 지었다.

그 상태에서 이번에는 유정상이 주먹에 에너지를 모아 아래를 향해 펀치를 날렸다.

퍼어어엉!

바닥을 긁고 지나가는 주먹의 기파가 놈들의 대열을 가로지른다.

퍼퍼퍼펑!

유정상의 마나가 미친 듯 빠져나감과 동시에 뻗어나간 불길의 스파크.

그것이 기파가 지나간 자리에 있던 놈들을 한꺼번에 폭발시킨다.

콰가가가가가.

콰아아앙!

하지만 이내 다시 빠르게 차오르는 마나.

확실히 포타에게 받은 스킬의 영향이 크다.

유정상이 다시 시원하게 주먹을 날리자 다시 대규모의 폭발이 일어났고, 그 덕분에 놈들의 전열이 흐트러지기 시작했다.

에너지를 한꺼번에 쏟아 부은 탓에 마나는 차오르고 있었지만 몸은 지쳐갔다.

클린볼을 꺼내 몸에 떨어뜨리는 사이에 130개체의 소환수 군단과 700여 헌터들이 맹렬한 속도로 언데드 놈들과 격돌했다.

이미 드레이크와 유정상이 몇 번 휘저어 준 덕분에 정상적인 놈들의 숫자는 천이 채 되지 않는 상황이었다.

그 상태에서 강력하게 부딪쳐 오는 소환수 군단을 맞이하자 놈들은 마치 추풍낙엽처럼 우수수 떨어져 나간다.

애초에 하급 언데드들이야 처음부터 상대가 되지 않았기에 첫 공격만으로 순식간에 쓸려버렸다.

그나마 스켈레톤 나이트 정도 되는 고위급 언데드들만이 어느 정도 소환수들과 싸울 수 있었지만 그것도 주코와 주술사형 드루이드들의 버프를 받은 판과 전사형 드루이드들의 상대는 되지 못했다.

특히나 네피림의 경우엔 거대한 몸집을 이용해 어지간한 언데드들은 그냥 밟아서 박살내 버렸고, 제법 강한 언데드들조차 무시무시하게 휘두르는 주먹질이나 거대한 몽둥이 한 방에 나가떨어지기 일쑤였다.

"크어어어어!"

네피림 한 마리가 거대한 코뿔소 뼈다귀를 타고 있는 궁수 스켈레톤에게 달려들어 몸통 박치기를 날렸다.

그 덕분에 헌터들은 훨씬 안전한 위치에서 신나게 자신들의 무기를 사용해 진형이 무너진 언데드들을 쓸어버리기 시작했다.

그런데 그때였다.

번쩍!

콰아아아앙!

아군 진영의 정면에 엄청난 폭발이 일었다.

그 때문에 몇 마리의 소환수와 다수의 헌터들이 폭발에 휘말려 한순간에 소멸해 버렸다.

이미 난전으로 적과 아군이 뒤섞여 있는 상황이라 헌터

들보다 더 많은 숫자의 언데드들이 그 한 번의 폭발에 휩쓸려 사라졌지만 상대는 그런 상황을 전혀 고려하지 않고 공격하는 것 같았다.

"으아악! 내 다리!'

"끄아악!"

인근에 있던 헌터들 중에는 그 폭발의 여파만으로 신체의 일부를 잃은 이들도 발생했다.

그 때문에 한참 기세를 올리던 헌터 무리에 당혹감이 물들기 시작했다.

물론 소환수들이야 유정상의 명령에 따라 움직일 뿐이었고, 여기서 소멸하더라도 군주 포인트가 다시 복구되면 재소환이 가능하기에 의외의 상황에도 전혀 개의치 않고 계속 공격했고 그 덕분에 전선이 밀리지는 않았다.

그러나 갑작스런 폭발의 힘이 강력했기에 유정상 역시 그 순간만큼은 놀라지 않을 수 없었다.

하지만 본 게임이라 할 수 있는 앙테크리스트가 아직 그 모습을 드러내지 않고 있었다. 그렇기에 유정상은 이내 냉정을 되찾고 공격이 날아 온 언덕 너머를 노려보았다.

그리고는 각오를 다지며 그 빛이 쏘아진 방향으로 드레이크를 탄 채로 날아갔다.

그 때 다시 유정상을 향해 날아드는 빛.

번쩍!

터어엉!

하지만 기다렸다는 듯이 커서 방패가 모습을 드러내며 그것을 튕겨냈다.

이어서 언데드 군단의 뒤쪽 언덕에 모습을 드러낸 두 개의 그림자.

붉은색과 검은색의 인간이 눈에 들어온다.

다시 그곳에서 번쩍하는 공격이 나왔고 그것을 커서 방패가 막아낸다.

터엉.

드레이크가 근처까지 비행하자 인간 형태의 두 그림자가 무엇인지 정체를 확인할 수 있었다.

두 명의 여자 거인.

머리카락과 피부까지 모두 붉은색의 여자 거인은 거대한 두 개의 뿔을 가지고 있었으며, 자신의 몸 색깔과 같으면서도 몸에 딱 붙는 붉은 옷을 입고 있었다.

반면 검은색의 여자 거인은 비슷한 차림에 검은 옷을 입고 있었다.

두 명 모두 자신의 덩치에 어울릴 만큼 거대한 지팡이들 들고 있었는데 그때 검은 옷의 여자가 유정상을 향해 뭐라 소리친다.

우우웅.

갑자기 머리가 울리며 정신이 아찔해온다.

"엇, 뭐야?"

"주인. 저주다!"

그렇게 소리친 주코가 유정상의 근처로 날아와 저주 해제의 주문을 펼치자 살짝 어지럽던 머리가 다시 맑아진다.

"이게 저주라고?"

이상하게도 두통이 좀 일기는 했지만 저주치고는 어딘가가 괴롭다거나 하는 강한 거부감은 일어나지 않았다. 그나저나 때마침 알맞은 타이밍에 나타나 도움을 준 주코에게 가벼운 칭찬을 하고자 유정상이 입을 열었다.

"흥! 쓸데없는 참견을."

역시 블랙로브를 입고 있으면 높임말과 칭찬은 불가능하다는 걸 다시 한 번 알게 되었다.

하지만 그런 반응이 익숙한 주코는 계속 말을 이었다.

"저놈들은 앙테크리스트의 좌우호법인 레드세아와 블랙미어다. 레드세아는 물리적인 공격마법을 주로 사용하고 블랙미어는 정신계 혼란마법이나 지금처럼 저주를 쓰는 것이 주특기야."

그 설명을 들은 유정상이 드레이크를 타고 움직이며 동시에 두 여자들에게 화염을 발사했다.

콰아아아아.

그러나 붉은색 방어막이 생성되며 화염의 공격을 막아내 버린다.

그런데 그 때 다시 레드세아가 자신의 지팡이를 들어 올리며 알 수 없는 언어를 지껄이자 다시 날아드는 빛의 공격.

터엉.

커서 방패가 무난하게 막아 내는가 싶더니 순간 하늘에서 벼락이 떨어졌다.

하지만 그것마저도 순식간에 위치를 옮긴 커서 방패가 막아내 버렸다.

"머리를 쓰는군."

동시에 두 가지 속성의 공격을 가하면 막아내지 못할 것이라고 판단한 모양이었다. 하지만 커서 방패도 싸움을 거듭하면서 조금씩 진화하고 있었다.

커서 방패는 입체적으로 움직이는 한편 이동속도가 거의 순간이동에 가까워진 상태였기에 동시에 날아드는 공격이라 해도 모두 막아낼 정도가 된 것이다.

그렇게 공격을 막아내는 동안 다시 블랙미어의 저주공격이 시작되었다.

하지만 주코가 곁에서 그것을 중화시키자 이번에는 레드세아의 빛 공격이 주코 쪽으로 날아들었다.

"우왁!"

주코가 놀라 허둥댔지만 그래도 얼떨결에 그 공격을 피해 버렸다. 그리고 이번에 저 공격을 피한 것은 상당히 운이 좋았다는 걸 인식하자마자 드레이크 쪽으로 날아오더니 유정상의 뒤에 자리를 잡았다.

유정상의 곁이라면 커서 방패가 막아줄 거라는 것을 잘 알고 있었기 때문이다.

"아무튼 잔머리는……."

"난 저런 거 한 방이면 소멸이라고!"

"그래봐야 소환된 몸이면서 뭔 엄살이야."

"그래도 아프단 말이야."

그렇게 잠시 주코와 옥신각신하는 사이 적들의 공격이 이어졌다. 유정상이 신경 쓰지 못하는 빈틈을 노렸는지 다시 그들에게 벼락이 떨어진다.

터엉.

이번에도 공격은 커서 방패에 의해 저지당했다. 유정상도 사람이었기에 사각지대는 존재했으나, 그 부분은 커서가 자동적으로 방어했기에 이젠 빈틈이라고 할 것이 없었다.

기습 공격마저 실패로 돌아가자 공격을 시도했던 레드세아보다 오히려 지켜보고 있던 블랙미어가 더욱 당황한 기색을 엿보였다.

유정상은 블랙미어의 그 틈을 읽고는 바로 드레이크에게 명령을 내려 화염 브레스를 발사했다.

콰아아아아.

블랙미어는 당황한 와중에도 급히 붉은 실드를 만들어서 막았다.

그런데.

푸슉.

화염으로 인해 약해진 실드부분을 뚫고 검은색의 검 한

자루가 실드 안으로 침투해 블랙미어를 뚫고 지나갔다.

드레이크가 브레스를 발사하는 짧은 시간에 유정상은 인벤토리를 열어 우타슈의 마검을 꺼내 커서로 날려 보낸 것이다.

브레스의 화염 속으로 날아갔기에 실드를 뚫고 들어갈 때까지 블랙미어는 그 검을 발견하지도 못했다.

전혀 예상하지 못했던 공격에 블랙미어가 찢어질 듯한 비명을 지르며 쓰러지자 다시 검은색 검이 레드세아를 향해 날아갔다.

번쩍. 번쩍. 번쩍.

벼락이 연속으로 마검에 떨어졌지만 별다른 반응이 없자 곧이어 다시 빛을 발사했다.

콰쾅-

그러나 마검은 레드세아의 공격엔 전혀 타격을 입지 않고 그 폭발을 꿰뚫으며 날아갔다.

과연 마계의 존재들에게 효과가 있다더니 방어력도 뛰어났다.

그렇게 레드세아의 공격이 마검에 집중되고 있는 사이 유정상이 주먹을 날려 약해진 실드를 부숴 버렸다.

콰아아앙.

갑자기 엄청난 충격으로 자신의 실드가 깨어지자 레드세아가 깜짝 놀라며 고개를 돌리던 그때였다.

푸숙!

결국 마검은 집중력이 흩어진 레드세아의 심장을 뚫고 지나가 버렸다.

그녀의 눈이 부릅떠졌다.

그리고 곧 레드세아가 비틀거리더니 그 자리에 쓰러졌다.

털썩.

[3레벨이 올랐습니다.]
[34레벨이 되었습니다.]

확실히 강한 상대였는지 겨우 둘을 쓰러뜨렸는데 한꺼번에 3레벨이나 올랐다.

그리고는 연기처럼 사라지는 여자들.

드레이크가 지상에 내려서고 유정상이 바닥에 뛰어내렸다.

아직은 대규모의 싸움이 끝나지 않은 상황이기는 했지만 그래도 이런 최강급의 몬스터들을 잡고 생겨날 아이템이 궁금했던 것이다.

두 여자가 쓰러진 자리에 만 골드짜리 골드바 수십 개가 생겨났고 중급의 생명력 포션과 마나 포션들, 그리고 검은 보석과 붉은 보석이 하나씩 생성되었다.

잠깐 커서로 확인해 봤지만 보석의 종류는 전혀 알 수 없었다.

하는 수 없이 커서로 그것들을 인벤토리에 넣자 갑자기 인벤토리 안에서 강렬한 빛을 내면서 변화를 일으키기 시작했다.

두 개의 보석이 하나로 합쳐지며 보랏빛의 보석으로 변화한 것이다.

그것을 다시 꺼내 확인해 보았다.

[매직어택 주얼리]

[사용법은 아직 미확인]]

"미확인인가?"

다크 주얼리 이후로 또 미확인 아이템이다.

그때 커서가 갑자기…….

덥석.

또다시 부르르 떨던 커서가 그 아이템을 삼켜 버렸다.

"또냐?"

조금 황당하기는 했지만 그때처럼 어이없지는 않았다.

커서가 무언가를 흡수한 것의 결과는 충분히 확인했고, 만족하고 있었기에.

이제는 커서가 단독 행동을 할 때는 뭔가 이유가 있을 거라고, 또 그것이 큰 이익으로 되돌아 올 것이라고 생각할 뿐이었다.

그렇게 머리를 긁적이고는 다시 얌전하게 기다리고 있는

드레이크의 위로 뛰어오르려 했다.

그 순간.

쿠쿠쿠쿠쿠쿠.

"어어어?"

땅이 진동하기 시작했다.

그 진동이 점점 거세어지자 유정상뿐만 아니라 전투 중이던 모두가 균형을 잃고는 비틀거린다.

헌터와 소환수들뿐만 아니라 언데드 녀석들도 균형을 잃고는 자리에서 쓰러졌다.

특히나 스켈레톤 나이트들의 갑주 귀마들이 더 날뛰자 녀석들도 바닥에 떨어지고 말았다.

그렇게 한동안 진행되던 지진이 서서히 멈추고 나자 다시 싸움이 진행되려 했다.

그런데 하늘에 검은 구름들이 모여들었고, 이내 그것들이 회오리치기 시작했다.

마치 태풍처럼 소용돌이치던 구름들이 회전의 중심으로 모여들더니 곧이어 아래로 뻗어 내려왔다.

거대한 암흑의 토네이도가 형성되는 광경을 지켜보던 유정상이 그 회오리의 중심에 집중되는 강렬한 에너지에 미간을 잔뜩 찌푸렸다.

'왔다.'

"주인, 놈이다. 놈이 분명하다고!"

드레이크의 주변에서 날고 있던 주코가 비명을 지르듯

유정상에게 소리쳤다.

유정상은 곧바로 드레이크를 타고 빠르게 이동해서 회오리가 요동치는 곳으로 날아갔다.

잘하면 놈이 제 모습을 찾기 전에 제대로 데미지를 줄 수도 있겠다는 생각 때문이었다.

슈아아아아아.

드레이크가 빠른 속도로 놈을 향해 날아갔다.

드레이크의 입주위에 불길이 피어오른다.

푸쉭. 푸쉭.

그리고는 곧바로 드레이크가 거대한 입을 쩍 하고 벌리며 엄청난 양의 불을 뿜기 시작했다.

콰아아아아아아아아.

화염방사기 수백 개가 동시에 불을 뿜는 것 같은 엄청난 불길이 검은 회오리의 안으로 날아들었다. 그러나 강렬하던 그 불길은 도리어 그 회오리에 휘말려 소멸되어 버렸다.

짧은 순간 소용돌이 모양으로 흩어지는 드레이크의 브레스는 마치 아름답게 사라지는 불꽃처럼 느껴졌다.

"소용없다. 주인. 아직 형체가 없기 때문에 그런 물리적 공격은 먹혀들지 않는다."

주코가 어느새 따라와 소리치자 얕은수를 써서 이익을 보려했던 유정상이 표정을 찡그리며 이를 악물었다.

"제길."

그리고 곧이어 회오리가 멈추며 서서히 모습을 갖추기

시작했다.

검은 회오리가 완전히 멈추고 주변으로 기운이 흩어지자 그 자리에 나타난 큰 키의 그림자.

곧 놈의 모습이 완전히 드러났다.

마르고 커다란 키에 전체적으로 검붉은 색을 띠는 피부, 그리고 머리 위에 달려 있는 여섯 개의 나선 뿔, 커다란 귓불과 옆으로 길게 찢어진 실눈. 커다란 입사이로 보이는 거대한 이빨.

인간 형태의 모습을 취하고 있으면서도 느껴지는 이질적인 분위기에 유정상의 전신이 부들부들 떨렸다.

주코는 완전히 얼어붙은 표정으로 그것을 바라보고 있다.

"저 놈이 앙테크리스트냐?"

"……."

"주코?"

"……."

주코는 앙테크리스트가 내뿜는 존재감에 완전히 압도되어 버렸는지 얼굴이 사색이 되어 유정상의 질문에 대답도 하지 못했다.

"칫."

유정상이 곧바로 드레이크를 움직여 놈에게 날아들었다.

그리고 다시 드레이크가 커다란 입을 쩍 벌리며 화염 브레스를 놈에게 퍼부었다.

콰아아아아아.

거대한 화염이 놈의 전신을 덮쳤다.

지옥의 화염이라고 부르는 드레이크의 브레스가 놈의 전신에 불의 혓바닥을 낼름거리며 공격해 들어갔다.

그런데 놈의 주위에 보일 듯 말 듯 한 옅은 검은 색의 막이 가까이 접근하는 화염을 한순간에 소멸시켰다.

엄청난 열기에도 전혀 데미지를 입지 않는 앙테크리스트의 모습에 이마를 잔뜩 찌푸린 유정상이 커서를 녀석 쪽으로 가져가 보았다.

그러자 놈의 시선이 커서가 움직이는 방향에 따라 이동하는 반응을 확인하고는 곧바로 거두어 들였다.

전에도 마계에서 온 놈들이 이 커서에 반응한 것을 기억한 것이다.

'역시 마족이라는 놈들은 이 커서가 보이는 것이군.'

커서에 직접적인 충격을 받는 건 유정상에게도 적지 않은 데미지를 주기 때문에 굳이 위험을 감수할 필요는 없었다.

다만, 놈의 상태를 확인하지 못하는 것이 조금 아쉬움을 가질 찰나, 주코나 주주밍의 경우 상태창에 나타나는 정보가 없었음이 떠올라 커서로 확인하는 것은 과감히 포기했다.

그때 놈에게서 검은색의 기다란 무언가가 유정상을 향해 날아들었다.

터엉!

커서가 순간 방패로 변하며 그것을 막아내 버렸다.

검고 기다란 그것은 단순한 마기의 덩어리와 같은 것이었는지 방패에 막히자 곧 연기처럼 흩어지며 사라져 버렸다.

그런데 그 한 번의 방어로 커서 방패가 받은 충격이 엄청났던지 순간 휘청하는 모습이다.

"……!"

지금까지는 커서 방패가 이런 약한 모습을 한 번도 보인 적이 없기에 유정상도 순간 눈이 커지고 말았다. 그 어떤 공격도 꿋꿋하게 막아내던 철벽의 방패가 놈의 가벼운 공격에 이렇게 충격을 받을 거라고는 전혀 예상하지 못했던 것이다.

하지만 이 와중에 놀라고만 있을 틈이 없다.

드레이크의 등위에서 에너지를 끌어 모았다.

그런데 그때였다.

번쩍.

"카오오오오오!"

순간적으로 무슨 일이 벌어진 것인지 제대로 인지하지도 못했는데 드레이크가 비명을 질렀다.

드레이크가 갑자기 날개를 퍼덕거리는데 몸의 균형이 깨진 것인지 비틀거린다.

재빨리 돌아보니 오른쪽 날개의 끝이 녹아내리고 있었다.

"젠장!"

"카오오오오!"

드레이크가 비명을 지르면서도 유정상의 안전을 위해 아래로 최대한 날개를 퍼덕이며 균형을 잡아 활강한다.

유정상은 그런 드레이크의 등에서 바닥을 향해 점프하며 강제로 역소환 시켰다.

그러자 드레이크는 겨우 바닥에 추락하기 직전에 팟! 하고는 순식간에 소멸하며 연기가 되어 흩어졌다.

그 모습을 확인하며 허공에서 자세를 가다듬은 유정상이 가볍게 바닥에 착지하고는 드디어 최종보스라고 할 수 있는 앙테크리스트와 마주섰다.

처음 미션을 받을 때만 해도 이놈과 이렇게 일대일로 마주서게 될 거라고는 정말 상상도 하지 못했었는데 말이다.

놈에게서 흘러나오는 괴기스러운 기운에 피부가 따끔거린다.

포타와 그 스승이었던 이네크가 합공을 해서 쓰러뜨렸다는 마족.

그러나 주코의 말처럼 녀석이 완전한 힘을 복원하지는 못했다는 건 분명 알 수 있었다. 정확한 이유를 설명하긴 힘들었지만 유정상의 감각은 분명히 그렇게 느끼고 있었다.

'반지 때문인가? 아니면 포타의 스킬?'

어쩌면 두 개의 힘이 유정상에게 그것을 알려주었는지도 모를 일이었다.

놈이 3미터에 가까운 가늘고 긴 몸을 움직이며 유정상을 관찰하듯 고개를 갸웃거린다.

마치 재미난 생물을 발견한 어린아이와도 같은 모습.

자신을 살피는 놈의 시선을 느끼던 유정상이 가볍게 인상을 쓰고는 곧바로 놈에게 달려들었다.

퍼엉. 퍼엉. 퍼엉.

주먹의 에너지파가 놈에게 쏘아졌지만 그것을 마치 파리라도 쫓는 듯 손바닥으로 가볍게 걷어내 버렸다.

투둑. 투툭.

하지만 어차피 상대의 전력을 대충 예상하고 있던 유정상은 전혀 위축되지 않고 무차이의 보법으로 놈의 근처로 달려들었다.

그리고는 놈의 전신을 다시 주먹으로 두들기기 시작했다.

콰콰콰콰콰쾅.

그러나 그것마저도 놈은 자신의 긴 손을 이용해 휘적휘적 휘두르며 가볍게 막아내 버렸다. 오히려 놈은 독이 바짝 올라서 공격하는 유정상을 재미있다는 표정으로 바라만 볼 뿐 더 이상의 공격은 하지 않았다.

다음 행동을 기대한다는 듯 인간도 아닌 존재가 마치 웃는 것처럼 입 끝을 끌어올린 표정은 상당히 기괴했다.

유정상도 놈이 아무런 반격을 하지 않고 있는데다가 자신의 펀치 공격이 죄다 무위로 돌아가자 조금 당황하고 있었다.

'이런 놈을 상대로 어떻게 싸우라는 거냐?'

미션을 받았을 때 주코가 불가능한 미션이라고 지껄이던 재수 없던 말이 떠올랐다.

주코가 옳았다고 인정하고 싶지는 않았지만 직접 맞붙어 보니 현실은 주코의 예측보다 더욱 절망스러웠다.

앙테크리스트가 고개를 갸웃거리며 그런 유정상을 바라봤다.

왜 자신을 더 재밌게 해주지 않느냐고 물어보는 표정으로.

순간 욱하는 심정으로 막무가내로 놈에게 뛰어 들려는데 그때 갑자기 땅속을 뚫고 뭔가 튀어 오른다.

백정이 빠르게 놈을 향해 솟아오르며 자신의 쌍칼을 앙테크리스트의 발목을 향해 휘둘렀다.

그러나.

티잉.

백정의 칼은 보이지 않는 뭔가에 의해 저지당했고, 곧바로 앙테크리스트의 몸에서 튀어나온 검은색의 창에 의해 백정의 몸이 꿰뚫려 버렸다.

푹.

"삐이이이이이이이!"

자그마한 몸이 뚫리자 고통스런 비명을 지르는 백정.

그리고는 곧이어 퍽하며 소멸해 버렸다.

"저 개자식!"

주코가 흥분하며 소리쳤다.

이제까지 두려움에 몸을 제대로 움직이지도 못하던 녀석이 백정의 죽음으로 인해 자신을 옭아매던 공포를 떨쳐낸 것이다.

물론 그것이 단순한 소환취소 정도에 불과하다는 것은 잘 알고 있지만 그래도 눈앞에서 고통스러운 비명을 지르며 사라진 백정의 모습을 보자마자 분노가 치솟으며 전신을 누르고 있던 공포를 떨쳐낼 수 있었던 것이다.

그리고 정신을 차린 주코가 곧바로 유정상에게 자신이 할 수 있는 최선을 다해서 버프를 걸었다.

[전신의 에너지가 상승합니다.]
['포타의 주먹'의 더욱 강해집니다.]

주코의 버프를 받자마자 떠오르는 메시지.

때문에 정신이 번쩍 들며 머리가 맑아진다.

그 모습을 본 앙테크리스트가 얇은 실눈을 살짝 뜨고는 다시 고개를 갸우뚱하며 호기심을 보였다.

유정상의 몸 주위에 엄청난 에너지파가 요동치며 회오리를 만들었고 동시에 바닥에 있던 흙과 작은 돌들이 흔들리며 떠오른다.

팟.

움직이고자 하는 마음을 먹자마자 유정상의 몸이 놈을

향해 빠르게 쏘아져 나갔다.

가볍게 덤벼드는 행동이 마치 모든 힘을 발끝에 집중해서 땅을 박차고 달려가는 것 같은 느낌을 준다.

그리고는 놈의 향해 주먹을 내질렀다.

놈의 긴 손이 유정상의 주먹에서부터 뻗어 나오는 기파를 막기 위해 다시 휘둘러졌다.

그리고 그것이 펀치에너지를 걷어내려 하던 그때 유정상이 만든 기파의 움직임에 새로운 변화가 일어났다.

이제까지는 줄곧 직선의 움직임만을 보이던 펀치 기파가 갑자기 놈의 팔을 피해서 비틀어지더니 그대로 녀석의 몸 쪽으로 파고들었다.

퍼어엉.

"크르륵."

놈의 옆구리에 정확히 들어갔다.

그러자 놈의 몸이 살짝 뒤로 밀렸고 동시에 처음 들어본 신음소리 같은 것이 놈의 입에서 흘러나왔다.

하지만 유정상의 공격은 이것으로 끝이 아니었다.

콰콰콰콰콰.

이전처럼 빠른 연속기가 들어갔고 이어지는 모든 펀치들도 여러 방향으로 휘어지며 놈의 몸에 정확히 박혀 들어갔다.

앙테크리스트는 그 충격에 다시 조금 더 뒤로 밀려나며 얕은 신음소리를 흘렸다.

그러더니 곧 놈의 몸에서 기다란 검은색의 뭔가가 불쑥 튀어나왔다.

조금 전, 한순간에 백정을 몸을 꿰뚫었던 바로 그것이 유정상을 향해 날아들었다.

터엉.

커서 방패가 다시 모습을 드러내며 그것을 막아내 버렸다.

그런데 이번에도 그 충격에 방패가 휘청거렸다.

놈이 쏘아낸 창의 위력이 얼마나 강했는지는 방패의 모습만 봐도 알 것 같았다.

이런 엄청난 공격을 당했으니 백정이 제대로 버티지 못하고 소멸한 것도 이해가 되었다.

놈이 화가 났는지 이빨을 드러내자 다시 그 종류를 알 수 없는 공격이 튀어나오며 유정상을 향해 날아왔다 그러나 다시 막아내는 커서 방패.

그 이후 여러 번의 공격이 더 이어졌지만 커서 방패가 모두 막아내 버렸다.

하지만 커서 방패의 상태가 이상해졌다.

방패모양에는 변화가 없었지만 그 주위에 머금은 빛이 점점 약해지며 깜빡이는 걸로 봐서는 곧 그 성능이 다 할 것만 같은 분위기였다.

하지만 앙테크리스트와 근접전을 벌리고 있는 유정상에게는 그런 걸 신경 쓰고 있을 시간은 없었다.

방패의 보호가 발휘되는 그 순간에 유정상은 보법을 최대한 발휘하며 놈의 근처로 달려들어 놈의 다리 쪽에 주먹을 날렸다.

놈이 이제까지는 자신의 팔로 방어를 했지만 공격이 다리 쪽으로 향하자 이번엔 다리를 움직여 기파를 피해냈다.

콰아앙.

놈이 서 있던 바닥이 무너지며 내려앉았다.

놈이 피할 것도 염두에 두고 바닥을 2차 대상으로 한 공격이었던 것이다.

그런데 균형을 잃고 휘청거릴 줄 알았던 놈의 몸은 아무 일도 없다는 듯이 유유히 허공으로 떠오른다.

번쩍.

다시 알아보기도 힘든 놈의 공격이 유정상에게 날아들었다.

이번에도 방패가 그것을 막아내기는 했지만 결국 빛을 잃고 말더니 원래의 커서로 돌아와 버렸다.

놈도 그 변화가 무엇인지를 알았는지 입가를 끌어올린다.

저 모습은 어쩐지 비웃음처럼 보였다.

놈의 빠른 공격을 거의 인지하지 못하는 유정상으로서는 이어지는 놈의 공격 한 번에 몸이 꿰뚫려 죽을지도 모른다.

그때였다.

콰아아앙.

뭔가 커다란 것이 놈의 몸에 달려들었다.

놈도 유정상에게만 집중하고 있던 상황이라 전혀 인지하지 못했던 탓인지 갑작스럽게 덮친 거대한 존재에 의해 뒤로 밀려나갔다.

그것은 공지훈의 돌거인이었다.

돌거인이 놈의 몸을 덮치며 한쪽으로 밀고 가더니 사정없이 주먹을 휘둘러 놈을 후려쳤다.

쾅. 쾅. 쾅.

돌거인이 무지막지한 크기의 주먹으로 놈을 구타했다. 하지만 그 공격은 앙테크리스트의 방어막을 뚫지 못했고 도리어 돌거인의 주먹이 부셔져 나갔다.

겨우 돌거인 정도로 어쩔 수 있는 놈이 아었던 것이다.

앙테크리스트가 무표정한 얼굴로 돌거인을 향해 손을 뻗자 순식간에 돌거인의 몸이 산산이 부서져 나갔다.

잘은 모르지만 인근에 공지훈이 있을 것이고 녀석은 방금 공격에 의해 제법 큰 충격을 받았을 것이다.

공지훈이 벌어준 그 짧은 순간에 유정상이 장착 아이템 교체를 시도했다.

이네크의 반지가 사라지며 오른손에 우타슈의 마검이 생성되었다.

곧이어 우타슈의 검술 스킬을 발현시키며 놈에게 달려들

114 <커서 마스터 4
Cursor Master

었다.

놈의 몸에서 다시 특유의 검은 줄기가 뻗어 나오며 유정 상을 공격했지만 마치 검로를 읽고 방어해내는 것처럼 우타슈의 마검으로 쳐냈다.

마검 특유의 에너지가 활성화되고 검술 스킬이 발휘되자 유정상은 앤테크리스트의 움직임을 조금 더 이해할 수 있을 것 같았다.

아마도 우타슈의 검술은 마계생물과의 전투에 특화된 것이 아닌가 싶을 정도로 독특하면서도 지금의 이 싸움에 효과적이었다.

앤테크리스트도 유정상의 움직임이 갑자기 매끄럽게 변화하자 조금 놀란 것 같았지만 이내 평상시의 표정으로 돌아갔다. 그리고 재미있다는 표정으로 변하더니 이번에는 자신의 양팔을 각기 다른 무기로 변화시켰다.

검은색, 그리고 특이한 모양의 검과 창.

서로 다른 공격 형태를 지닌 무기가 특유의 움직임으로 유정상을 맹렬히 공격해 들어갔다.

차차차앙.

유정상이 빠르게 검을 휘두르며 놈의 공격을 막았다.

마치 뛰어난 고수 두 명의 협공을 받고 있는 기분이 들었다.

하지만 우타슈의 검술도 쉽게 밀리지는 않겠다는 듯이 복잡한 검로를 만들며 모든 공격을 받아내고 있었다.

그러나 현란한 움직임으로 앙테크리스트의 창과 검을 모두 막고는 있었지만 유정상의 마음은 점점 조급해져 왔다.

마치 장난을 치고 있는 것처럼 느껴지는 놈의 여유가 계속 신경이 쓰인 탓이다.

'검으로는 안 돼. 자네는 무투가의 힘을 받지 않았나. "

완전히 집중하고 있는 그때에 순간 포타의 음성을 들은 것 같은 착각이 들었다.

하지만 단순한 착각이 아니었는지 빠르게 몸을 움직이면서도 머릿속에선 여전히 그 음성이 이어지고 있었다.

'스스로의 잠재력을 끌어올려야 할 것이야.'

'잠재력?'

'스스로를 믿어야 하네.'

'믿으라고?'

엄청난 속도로 검을 휘두르면서도 머릿속은 더 바쁘게 돌아가고 있었다.

그리고 어느 순간 마치 주변의 시간흐름이 늦추어진 것처럼 천천히 움직이기 시작했다.

놈의 엄청난 공격도 눈에 훤히 보일정도로 느려졌고 자신의 검술은 더욱 느렸다.

그리고 놈의 움직임을 이해하고는 눈살을 찌푸렸다.

놈이 전력을 다하고 있지 않다는 걸 알아챈 것이다.

마치 두 개의 무기만 앞으로 내밀어서 그것으로 어린애와 장난을 치고 있는 것처럼 어깨가 살짝 뒤로 물러선 모습이다.

현란한 공격에 시선을 빼앗겨서 상대의 자세를 이제야 볼 수 있었던 것이다.

곧바로 검으로 놈의 무기를 걷어내며 거리를 벌렸다.

갑자기 유정상이 뒤로 물러서자 놈의 고개가 갸웃거렸다.

그때 곧바로 장착무기를 바꾸었다.

다시 이네크의 반지가 손가락에 나타났다.

그런데 이번에는 반지 끝에 달려 있던 푸른색의 보석이 유정상의 단호한 마음에 반응하면서 회전을 하며 새로운 에너지를 발산하기 시작했다.

위이이이잉.

보석에서부터 시작된 푸른 스파크가 전신을 감싸기 시작했다.

파지지지직.

전신에 전기가 튀며 강렬한 에너지가 온몸 구석구석에 퍼져나갔다.

동시에 모든 능력치가 한꺼번에 치솟았지만 완전히 적에게 집중하고 있던 유정상은 그런 사정을 전혀 느끼지 못했다.

앙테크리스트의 몸에서 검은 줄기가 다시 유정상을 향해 뻗어왔다.

몸이 자연스럽게 비틀리며 그것을 피해낸다.

그것과 동시에 발의 움직임이 자유로워지기 시작했다.

[새로운 스킬 '포타의 걸음'이 발동합니다.]

전신의 감각이 살아나며 주변의 공기흐름과 함께 그 속에서 움직이는 이질적인 존재의 느낌이 강렬하게 느껴진다.

앙테크리스트의 어두운 에너지.

그 에너지를 머금은 검은 줄기와 두 개의 검은 무기가 유정상을 향해 몰아친다.

방패는 사라져 버려 그 무엇도 유정상을 보호해주지는 않고 있음에도 어쩐지 두려운 마음은 들지 않는다.

휙. 휙.

엄청난 속도로 공기를 뚫고 날아드는 검은 창이었지만 그 움직임은 이미 느끼고 있었다.

몸을 살짝 비트는 최소한의 움직임으로 그것을 피해낸 유정상이 자신의 주먹에서 일고 있는 스파크를 놈에게 내질렀다.

파지직.

펀치의 기파가 스파크를 일으키며 앙테크리스트의 몸에 날아들자 놈이 검으로 그것을 받아쳤다.

콰가가가강.

엄청난 폭발과 함께 놈이 휘청거리며 10미터가량 밀려 나갔다.

그리고 놈이 자신의 손을 변화시켜서 만들었던 검 일부가 부서져 나갔다.

그동안 별다른 표정 없이 유정상을 비웃던 놈의 얼굴이 찌푸려졌다.

방금 마주친 그 주먹에서 이제는 거의 잊혀져가던 옛 기억이 떠올랐던 것이다.

이계에서 처음 굴욕적인 패배를 맛보게 했던 괴물 같은 놈을.

앙테크리스트는 억지로 그 패배의 기억을 지우려고 노력했지만 사실은 아직도 그 이름조차 잊지 못하고 있었다.

이네크.

그 썩을 놈의 이름을.

3일 동안의 혈전.

지긋지긋하던 놈의 공격.

벌써 백년이 넘은 일이지만 어제의 일처럼 생생하다.

브레아 대륙정벌을 눈앞에 두었던 그 때 그 씹어 먹을 놈을 만났었다.

처음엔 미친 인간놈이라 생각하고 그냥 무시했었다.

앙테크리스트에게 그놈은 그냥 누더기 같은 옷을 입은 거지새끼에 불과해 보였으니까.

그런데 그 거지새끼가 스켈레톤 군단 5000기와 흑마법사 200명을 홀로 쓸어 버렸다.

발토왕국을 향해 진격하던 언데드 군단의 삼분의 일을 놈이 혼자서 처리해 버린 것이다.

뒤늦게 상황을 파악하고 짜증이 솟구친 그는 좌우호법중 하나인 레드세아를 놈에게 보냈지만 소용없었다.

물론 뒤이어 출동한 블랙미어도 마찬가지였다.

하는 수없이 자신이 나설 수밖에 없었다.

약해빠진 좌우호법 때문에 생겨난 귀찮음으로 잔뜩 찌푸린 표정이 되어 자신을 더욱 무료하게 만들어 줄 그 인간을 쳐 죽이기 위해 몸소 움직인 것이다.

그런데……

직접 맞붙어 보니 놈은 인간이 아니었다.

아니 분명 인간은 맞는데 인간 같지 않은 놈이었다.

동부의 여섯 드래곤들마저 자신의 발아래 힘없이 쓰러져 갔을 만큼 압도적인 무력을 지녔기에 이 대륙에서 자신을 막을 수 있는 존재는 애초에 존재하지 않을 거라고 생각했었다.

그런데 놈은 달랐다.

어떻게 인간 따위가 그렇게 강할 수 있는지 도통 이해를 할 수가 없었다.

짧은 인생을 사는 인간이 가질 수 있는 힘이 아니었다.

놈의 주먹이 가진 어마어마한 힘은 완벽에 가까운 방어

막을 뚫고 자신의 본신에게까지 고통을 안겨주었던 것이다.

그 주먹에 전신을 난타 당하자 분노한 나머지 위험을 무릅쓰고 결국 마계에서 생명석의 일부까지 이동시켜 싸워야만 했다.

생명석의 힘은 자칫 잘못 쓰면 자신의 본신까지 위험해질 수 있기에 이계에서는 사용하면 안 되는 봉인된 힘이었다.

그러한 위험을 감수하며 생명석의 힘을 사용했음에도 불구하고 끝까지 물고 늘어지는 놈의 만만치 않은 저항에 놀라지 않을 수 없었다. 하지만 어쨌건 힘들게나마 놈을 완전히 제압해가고 있었다.

그 지긋지긋한 싸움이 이제야 끝나는구나 싶었던 바로 그때 하필이면 또 거지같은 고블린새끼가 나타난 것이다.

쓰레기 같은 하급 생명체 고블린 한 마리가 갑자기 그 싸움에 끼어들었던 것이다.

사실 처음 앙테크리스트는 그 고블린의 등장에 비웃음조차 흘리지 않았다. 그저 고래싸움에 새우보다 못한 녀석이 끼어들었다고만 생각했던 것이다. 그런데 그게 아니었다.

알고 보니 이 고블린새끼도 거지같은 인간과 비슷한 공격을 구사하는 말도 안 되는 고블린이었던 것이다.

덕분에 자신은 결국 종족의 한계를 까마득히 초월한 두 놈에게 흠씬 두들겨 맞았고, 종국에는 모든 마력과 생명력을 한꺼번에 다 소모해서 적을 섬멸하는 강제 폭발을 사용할 수밖에 없었다.

그 때문에 앙테크리스트 역시 이계의 육신은 죽었고 마계로 되돌아가서 부활을 위해 고통스러운 나날을 보내야 했던 것이다.

그리고 그때 분명 두 놈 다 죽었을 거라고 생각했다.

그런데……

그런데……

긴 시간이 흐르고 겨우 부활을 한 그에게 다시 그 두 놈의 기억을 떠올리게 만드는 놈이 나타났다.

놈이 치솟는 분노를 억지로 가라앉히며 소리쳤다.

"ᴋ Ħ ø Ŀ Œ Œ Ɔ ʜ Ŀ Ŀ Ø Œ ᴛ ʙ Ŀ ᴋ Đ?"

뭔가 떠드는 앙테크리스트의 말에 유정상이 이를 드러내며 피식 웃었다.

"뭐래는 거야? 씨발 새끼가. 한국말로 말 해!"

처음 듣는 이상한 언어를 사용한 덕분에 유정상은 한마디도 알아듣지 못한 것이다.

그때 주코가 유정상에게 다가와 작은 소리로 말했다.

"이름이 뭐냐고 묻는데?"

"뭐라고? 아참, 너네 동네 출신이었지? 그런데 지깟놈이 내 이름을 알아서 뭐하게."

"저 놈은 자신이 인정한 존재에게는 이름을 물어보는 습성이 있다고 들었어."

"인정은 개뿔."

그렇게 말하더니 곧바로 유정상이 소리쳤다.

"귓구녕 제대로 파고 똑똑히 들어라. 이 몸의 성함은 유!
정! 상! 님이시다!"

"헐, 안 가르쳐줄 것처럼 말하더니 잘만 알려주네."

"다 들린다."

"컥!"

유정상이라는 이름에 악센트를 주어 떠든 덕에 놈이 그
것이 이름이라는 것을 알아듣고는 혼자서 피식 웃더니 다
시 뭐라고 떠든다.

"'그 징그러운 두 놈의 전신을 이어받은 놈이 있을 거라
고는 전혀 예상하지 못했다.' 라고 하는데?"

이네크와 포타를 지칭하는 것임을 눈치 챈 유정상이 비
릿한 웃음을 흘렸다.

"나도 그 기억 속에 각인시켜 주지."

그리고는 빠르게 달려들었다.

주코의 버프가 아직 사라지지 않은 상태였으니 빨리 결
판을 봐야 할 것이다.

짐짓 놀란 놈이 부서진 칼을 다시 복원하며 유정상을 향
해 찔러 들어왔다.

그와 동시에 다른 쪽의 창도 허점을 노리고 달려든다.

두 개의 무기가 전혀 다른 객체처럼 각자의 방식으로 유
정상을 압박해왔다.

이런 식으로 싸우는 놈을 분명히 경험한 일이 없었다. 그런데 어쩐 일인지 유정상의 DNA는 마치 그것을 기억하고 있는 듯이 보이지 않는 방향에서 오는 공격에 본능적인 위기감을 느끼고 반사적으로 움직여 피해낸다. 그리고 그 틈을 비집고 주먹을 내질러 들어갔다.

아니 정확히는 주먹을 휘두르지는 않고 그냥 강하게 쥔 상태에서 그 의지만 실어 보낸다.

퍼퍼퍼퍼펑.

한 동작에서 유정상의 의지만으로도 연속펀치가 들어간다.

처음 포타를 만났을 때 그가 내질렀던 그 기세를 유정상이 똑같이 재현해내고 있었다.

예상치 못한 공격이었기에 앙테크리스트가 흠칫하며 놀라더니 두 개의 무기로 허겁지겁 막아낸다.

그리고는 곧바로 사나운 표정으로 입을 쩍 벌렸다.

그러자 앙테크리스트의 입 속에서 번쩍이며 붉은 실선 같은 빛이 유정상을 향해 쏘아졌다.

너무 삽시간에 벌어진 일인데다가 빛의 속도가 유정상의 감각을 아득히 넘어서는 속도로 쏘아진 덕분에 아무런 반응을 하지도 못했다.

그저 무언가가 자신을 향해 날아왔다는 것도 거의 0.1초 정도 흐른 후에 인지했을 정도였다.

그러나 그 짧은 순간에도 커서는 그 공격을 감지하고 다시 번쩍이며 변신을 하더니 동시에 그것을 쳐낸다.

　언뜻 옆을 스치고 날아가는 그 붉은 무언가를 보면서 유
정상은 방금 커서가 한 움직임은 분명 막은 게 아니라 쳐낸
것이라는 것을 느꼈다.

　이해할 수 없는 상황에 유정상이 놀란 눈으로 커서를 바
라본다.

　그러자 이미 커서는 다른 것으로 변해 있었다.

　이번에는 방패가 아닌…… 검으로 변한 것이다.

　'검이라고? 어째서……? 아!'

　매직어텍 주얼리.

　그러고 보니 조금 전에 분명 그런 보석을 커서가 삼켰었
다.

　그것을 기억하고는 검으로 변한 커서를 바라보았다.

　황금색의 검신이 번쩍인다.

　어쩐지 굉장히 유려하며 멋진 디자인이라고 생각하고는
유정상이 감탄하고 있는 사이 놈이 빠르게 무기를 휘둘렀
다.

　그러자 커서검이 그것을 현란한 움직임으로 막으며 놈을
압박해 들어갔다.

　그런데 방패와 달리 이 황금색의 검에는 유정상의 의지
가 실리면서 어느 정도 검의 움직임을 직접 컨트롤 할 수
있었다.

　직접 싸우는 것과는 다르지만 어쩐지 컴퓨터 속 마우스

커서처럼 유정상의 의지가 바로바로 전달되며 동시에 굉장한 움직임으로 반응했다.

챙. 챙. 챙. 챙.

순식간에 녀석을 몰아붙이는 황금검.

이제까지 커서를 이용해 검을 날려 싸운 일은 많았지만 이렇게 자유로운 의지가 실린 움직임은 처음이었다.

마치 유정상 본인이 검이 된 듯한 느낌이랄까. 아마도 무공을 익힌 자들이 말하는 진정한 이기어검술은 이런 것을 말하는 게 아닐까 싶었다.

그렇게 놈을 빠르게 압박하며 공격해 들어갔다.

처음에는 새로운 공격에 엄청 당황했던 앙테크리스트가 이어지는 검의 빠른 공격을 받으면서도 서서히 안정을 찾아가고 있었다.

어느 샌가 검의 움직임에 적응해 가고 있었던 것이다.

하지만 그것도 잠시.

주코가 이번엔 검에게 버프를 걸었다.

공격력을 5% 더 올리는 마법이었는데 그것만으로 앙테크리스트의 방어가 흐트러지며 힘의 균형이 다시 기울어 버렸다.

그 상태에서 유정상이 자신의 기를 잔뜩 끌어올렸다.

황금검이 분명 유정상의 의지를 담아 싸우고는 있지만 완전히 유정상의 힘만으로 움직이는 것은 아니었기 때문에 정신적으로는 상당한 여유가 있었던 것이다.

대부분은 커서가 움직였고 마지막 결정만 한다고나 할까?

마치 커서검은 방향만 일러주면 최고의 기술을 마구 사용하는 게임속의 캐릭터 같은 느낌이다.

지정해 주지 않아도 검이 스스로 알아서 싸우고 있었기 때문에 유정상이 느끼는 부담감은 거의 없었다.

그런 와중에 놈의 허점이 늘어나자 결판을 내야겠다는 생각으로 남은 에너지를 모조리 끌어 모으기 시작한 것이다.

놈은 아직 제대로 유정상에게 집중하고 있지 못한 상태.

어느새 몸속에너지가 유정상의 반지에 몰려들었고 반지의 붙어 있는 보석의 회전속도가 점차 빨라졌다.

기의 집중을 끝내고 천천히 놈에게 접근하기 시작했다.

그리고 허리춤에 허점이 들어나던 순간 에너지를 폭발시켰다.

슈아아아아.

유정상으로부터 강렬한 에너지가 뻗어나갔다.

퍼어엉.

검이 놈의 시선을 잠시잠깐 끌어주는 사이 빠르게 뻗어나갔지만 앙테크리스트는 마지막 순간까지 그 공격에 반응했다.

그러나 첫 번째 공격은 상대의 방어까지 염두에 둔 페이크.

진심을 담은 두 번째 기파가 바로 그 뒤쪽에 숨겨져 있었다.

퍼어엉.

콰아아아아앙!

놈의 왼쪽다리에 명중하며 커다란 폭발을 일으켰다.

덕분에 균형을 잃고는 휘청거리는 순간 놈의 방어가 무너졌고 그 틈에 커서 검이 놈의 오른팔을 베어 버렸다.

앙테크리스트가 비명을 질렀다.

한번 무너진 균형은 엄청난 대가를 치러야만 했다.

그 뒤로 쉴 틈 없이 이어진 유정상의 강력한 주먹 기파의 세례와 검의 현란한 공격이 놈의 몸을 갈가리 찢어 버리기 시작한 것이다.

하지만 놈은 아직 끝나지 않았다는 듯 계속 자신의 무기를 휘둘렀고 틈틈이 검은 줄기로 공격을 해왔다. 그러나 그뿐 놈의 몸은 조금씩 조각이 나고 있었다.

마지막 순간 드레이크를 소환했다.

마나량이 충분한데다가 마지막에 역소환 시킬 때에도 소멸을 당한 것이 아니기 때문에 재소환은 언제나 가능했기 때문에 금방 모습을 드러냈다.

그리고 드레이크가 나타나자마자 곧바로 분노를 담은 화염 브레스를 놈에게 퍼부었다.

콰아아아아아.

마치 모래바람처럼 산산조각 나서 흩어지고 있던 놈의

128 **커서 마스터** 4
Cursor Master

몸이 동시에 화염에 휩싸인다.

그리고 울음소리와 비슷한 비명을 지르는가 싶더니 뜯겨 나간 조각부터 천천히 소멸하기 시작했다.

화염에 휩싸인 와중에도 검은 계속 놈의 몸을 베어갔고 유정상 역시도 화염 브레스를 피해 조금 뒤로 물러난 상태에서 펀치 공격을 멈추지 않았다.

이럴 때 여유를 두면 상대가 최후의 수단을 쓴다던가 하는 딴생각을 품을 수 있다.

그래서 유정상은 겨우 승기를 잡자마자 자신의 모든 공격을 쏟아 부은 것이다.

그렇게 화염에 휩싸여 끊임없이 공격받고 있던 앙테크리스트가 드디어 분해되며 완전 소멸해 버렸다.

그와 동시에 뒤쪽에서 아직 전투 중이던 언데드들이 대부분 그 힘을 잃고 실 끊어진 인형처럼 그 자리 쓰러진다.

앙테크리스트로부터 전해지던 마력이 사라지는 충격에 그대로 소멸해 버리는 놈들이 대부분이었으며 적은 숫자가 버티긴 했지만 그들 역시도 약해져 버린 것이다.

그리고 싸우는 와중에도 저 뒤쪽에서 계속 추가되고 있던 언데드 무리들도 마치 신기루처럼 소멸하기 시작했다.

[미션 완료.]

[앙테크리스트를 처단하셨습니다.]

[생명석이 마계에 있는 이상 완벽한 소멸은 아니지만 적어도 50년 이상은 원래의 힘을 찾지 못할 것입니다.]

[이로써 상급마족 앙테크리스트의 **** 막아냄으로 인해 던전은 원래의 모습을 찾아갑니다.]

[보상으로 30만 골드와 전설의 무투가 포타의 스킬 '스텝 점프' 스킬북이 주어집니다.]

[추가보상으로 '활력의 불꽃' 화력이 더욱 강해집니다.]

[10레벨이 올랐습니다.]

[44레벨이 되었습니다.]

한 번에 10계단이나 점프.

이런 경우는 이제까지 한 번도 없었다.

그러나 놈의 강함을 생각하면 당연한 일일지도 모른다. 어쨌거나 이로써 드디어 레벨이 40을 넘어 버린 것이다.

그 때문에 온몸에 몰려드는 에너지의 양이 급격히 늘어나 마치 다른 몸을 가진 것 같은 착각마저 들었다.

드레이크의 정보를 확인해보니 레벨이 어느새 45가 되어 있었다.

처음부터 엄청난 숫자의 엔데드들을 브레스로 소멸시켰고 강자들의 전투에서 활약했으며 특히 마지막에 앙테크리스크의 소멸에 드레이크의 브레스가 결정적인 역할을 한 덕분인지 레벨이 유정상보다 높았다.

주코 역시도 어느새 38레벨로 성장해 있었다.

중간에 당한 백정은 지금 확인해 볼 수 없지만 이번 전투로 인해 대부분의 소환수들 레벨이 대폭 상승했다.

곧이어 스텝 점프 스킬북을 실행시켰다.

[스텝 점프 스킬을 익혔습니다.]
[포타의 점프가 가능해집니다.]

유정상이 자신의 다리에 뭔가 변화가 일고 있다는 사실을 느끼고는 점프를 시도해 보았다.

그러자 몸이 마치 고무공처럼 가볍게 튀어 올랐다.

강하게 박차면 얼마만큼 뛰어오를지 감이 오지 않았다.

이동의 팔찌와 함께 사용한다면 어지간한 비행보다도 빠른 움직임이 가능할지 모른다. 마치 스파이더맨처럼 말이다.

'그나저나 활력의 불꽃 화력이 강해졌다는 건 무슨 의미지?'

모닥불을 피워보면 금방 알 일이다.

하지만 중요한 걸 잊으면 안 된다.

놈이 사라진 장소에 생겨난 전리품을 두고 가면 안 된다는 사실.

사냥은 하는 것보다 뒤처리가 더 중요한 법이다.

확인해 보니 앙테크리스트가 사라진 자리에는 커다란 10만 골드짜리 골드바 5개와 각종 아이템들이 널려 있다.

클린볼과 중급 포션들, 그리고…… 산삼?

[활력의 산삼(레벨제한 30이하)]

[레벨 30이하의 각성자라면 꼭 섭취해야 할 귀중한 약초]

[전신의 감각을 일깨워 한 단계 성장을 시켜준다.]

"레벨 30이하?"

유정상이 미간을 찌푸렸다.

자신은 이미 레벨이 40을 넘겨 버린 상황이었기에 사용할 수 있는 조건에 해당되지 않았다.

그렇다 해서 어떤 효과를 주는 물건인지 확인도 하지 않고 버릴 수는 없는 일.

일단은 곧바로 인벤토리에 챙겨 넣었다.

유정상이 할 일을 마치고 몸을 돌렸다.

아직까지 남아 있던 언데드들이 헌터들과 소환수의 협공에 소멸하는 모습이 눈에 들어왔다.

엄청난 숫자이다 보니 검은 연기가 마치 산불진화 현장처럼 사방에서 피어오른다.

사방을 둘러보니 주변에 활력의 불꽃을 만들 수 있는 포인트가 몇 개 보인다.

유정상은 곧 그곳을 향해 걸음을 옮겼다.

"헉. 헉. 이, 이제 끝난 거야?"

헌터 한 명이 쓰러지듯 바닥에 주저앉았다.

다른 이들도 연쇄반응을 일으키며 바닥에 쓰러진다.

"우리가 이긴 게 맞아?"

믿기 힘든 현실에 바닥에 드러누워 소리를 지르며 좋아하는 사람도 있었다.

"우리야 뭐 보조역할이었지. 진짜와의 싸움은 블랙로브가 다했잖아."

"솔직히 블랙로브가 끌고 온 몬스터, 인간, 아니 뭐가 됐건 걔네들이 없었으면 언데들과 제대로 싸워보지도 못하고 전멸했을걸."

"진짜 이런 지옥 같은 상황에서 블랙로브가 나타나 준 건 정말 기적 같은 행운이었어."

"맞아."

블랙로브가 드레이크를 타고 언데드를 휩쓸 때만 해도 싸움은 쉽게 끝날지 모른다는 희망을 가졌었다. 거기다 블랙로브의 몬스터군단이 엄청난 위력을 드러내자 싸움은 의외로 쉽게 풀려가는 듯했다.

그런데 갑자기 엄청난 폭발과 함께 이상한 존재 둘이 나타났다.

그 때문에 블랙로브는 그 둘과 싸우기 위해 전장을 빠져나가 버렸다.

그들은 두려움을 갖게할 정도로 가공할 만한 공격령을 가진 존재들이었기에, 만약 그들을 방치해 두었다면 순식간에 전멸해 버릴지도 몰랐다.

그렇기에 헌터들은 블랙로브의 전선 일탈을 당연하게 생각했다.

블랙로브가 떠났음에도 그의 소환수들은 전장에 남아 활약을 해 주었고, 그에 더해 상급의 각성자들이 힘을 아끼지 않은 덕분에 전투는 무리 없이 진행되었다.

그리고 어느새 블랙로브가 그 무시무시한 두 존재마저 처치하자 모두들 이 싸움은 곧 끝나리라 믿었다.

하지만 그런 헌터들의 생각을 비웃기라도 하듯 엄청난 기세를 내뿜으며 새로운 적이 등장했다.

새롭게 나타난 존재와 블랙로브간의 전투는 그들이 제대로 확인할 수 없는 영역에서 벌어지고 있었기에, 전투의 향방을 쉽사리 판단할 수 없었다.

그리고 전투의 내용따위는 중요하지 않았다. 그들에게 중요한 것은 새롭게 나타난 적보다는 그의 등장과 함께 불어나기 시작한 언데드들이었다.

적이 내뿜는 강력한 기세의 영향 때문인지, 불어나기 시작한 언데드들은 이전의 놈들보다 강한 듯했다.

그 때문에 강력한 능력을 뽐내던 거인들 몇몇이 쓰러졌고, 마법을 부리던 여자들까지도 적의 공격에 죽어 나자빠지기 시작했다.

끝도 없이 계속 밀려드는 언데드들로 인해 결국 전멸을 당하고 말 것이라는 불안이 스멀스멀 생겨났다.

철벽보다도 튼튼하게 느껴졌던 아군의 진형이, 그리고

블랙로브의 무위를 보겨 갖게 되었던 삶의 희망이 점차 무너지기 시작한 것이었다.

전장에 남아 있는 이들이 할 수 있는 일이라고는 그저 그저 최후의 기력까지 짜내서 버티고 있을 뿐이었다.

이전까지 보지 못했던, 그리고 앞으로도 없을 강력한 무위를 가진 블랙로브의 승전보를 기다리며.

얼마만큼의 시간이 흘렀을까.

영원히 몰려들 것만 같던 언데드들이 갑자기 소멸되고 있었다.

그들이 인내하며 기다렸던 염원이 마침내 이루어진 것이었다.

모두가 소리를 지르며 좋아하는 사이 주변엔 많은 귀환석이 생겨났다.

아무리 언데드들을 죽여도 나오지 않던 귀환석들이 한꺼번에 나타난 것이다.

"귀환석이다!"

"뭔 귀환석들이 이렇게 많은 거야?"

"나오라고 할 땐 보이지도 않더니. 어이가 없네."

어찌되었건 많은 사상자가 생겼으니 빨리 던전을 빠져나가야 하는 상황이었다.

그런데 돌연 블랙로브가 그들이 모여 있는 곳으로 다가왔다.

특유의 강렬한 기세에 모두가 마른침을 삼켰다.

모두의 표정엔 살짝 불안함마저 돌았다. 뭔가 잘못되었나 싶은 생각을 하기도 했다.

그런데 예상밖의 일이 벌어졌다. 그때까지 살아남은 소환수들은 멀찌감치 물러서게 만들더니 그곳에 모닥불을 피워 올린 것이다.

그리고 그 불꽃에 크게 솟아오르자 사방에서 움찔거렸다.

"안전지대다!"

누군가 자신도 모르게 외쳤고, 모두의 표정에 놀라움과 기쁨이 번갈아 비춰졌다.

설마 이 와중에 안전지대를 만들어낼 거라고는 아무도 생각하지 못했던 것이다.

그런데 안전지대 중심에 있던 모닥불의 화력이 제법 강했다.

안전지대 경험이 대부분 없는 이들이라 그 사실을 크게 느끼지 못하는 사람들도 있었지만 직접 경험한 사람들이나 방송을 통해 보았던 이들은 내심 모닥불이 강하다는 걸 느끼고 있었던 것이다.

어쨌든 모닥불 주위로 사람들이 모여들었다.

수백 명의 사람들이 모닥불 주위로 몰려들었고 곧 그들의 표정이 편안하게 변해갔다.

그 모습을 바라보던 유정상이 문득 잊고 있었던 것이 떠올라서 주코에게 물었다.

"빵지훈은?"

"빵지훈이 누구냐. 주인."

주코가 고개를 갸웃거리며 의아한 표정을 짓는다. 어차피 공지훈의 이름도 모르지만 유정상이 제멋대로 바꿔서 부르는 이름을 알 수 있을 턱이 없었다.

그러자 유정상이 답답하다는 표정으로 설명을 덧붙였다.

"아까 언덕에서 만났던 바위 소환술사."

"아. 그 뺀질뺀질한 놈 말이군."

그 말에 유정상이 주코 쪽을 바라보았다.

그리고 그 시선이 따가운지 주코가 인상을 찡그리며 물었다.

"왜 그래? 주인."

"네 입에서 뺀질이라는 말이 튀어나오니까 어째 좀 웃겨서."

"뭐가 웃긴다고 그러는 거냐."

버럭 소리치는 주코.

그 건방진 모습을 보며 유정상이 갑자기 서늘한 음성으로 말했다.

"너 레벨 좀 올랐다. 이거지?"

"커엄! 아, 아니다. 주인. 저, 절대 그렇지 않다."

"그래? 확실해?"

"그렇다."

잠시 그렇게 바라보고 있으니 주코가 식은땀을 줄줄 흘린다.

날카로운 시선을 거둔 유정상이 다시 주변을 살피자 그제야 안도의 한숨을 쉬는 주코.

유정상이 주코에게 말했다.

"어디에 있는 거지?"

"그 뺀질이라면 저쪽에 있다."

주코가 서둘러 이마에 흐르는 땀을 닦으며 우측 편 언덕 위쪽을 가리켰다.

이미 추적마법으로 공지훈의 위치를 파악해 두고 있었던 것이다.

유정상이 그곳을 향해 걸어갔다.

언덕에 올라서자 바위 뒤쪽에 쓰러져 있는 공지훈을 발견했다.

그 엄청난 앙테크리스트에게 무식하게 덤벼든 주제에 그래도 목숨 귀한 줄은 아는지 가까이 오지 않으면 안 보이는 곳에 잘 숨어 있었다.

커서로 확인해보니 생명력이 약간 소모되긴 했지만 심각한 수준은 아니었다.

다만 돌거인이 소멸되는 충격에 정신을 잃고 기절한 것 같았다.

곧이어 클린볼과 생명력 포션을 녀석에게 떨구었다.

그리고 녀석의 레벨을 살펴보니 여전히 9레벨이다.

"맨날 먹깨비처럼 음식만 탐하더니 역시 제자리걸음만 하고 있었군. 그나마 소환수의 레벨은 12인가?"

그렇게 잠시 상태창을 바라보다 곧 자신의 인벤토리를 열었다.

그리고는 아까 얻은 '활력의 산삼'을 꺼냈다.

위기의 순간에 자신의 몸은 돌보지 않고 도와주었던 보상으로 그에게 줄 생각이었다. 어차피 레벨제한이 걸려 있어서 지금 자신에게는 필요 없는 물건이었다.

그런데 그 모습을 지켜보고 있던 주코가 얼른 가까이 다가와서는 투덜거리며 말했다.

"주인 설마 그거 저놈 주려고? 차라리 날 줘."

"넌 레벨이 38이잖아."

"그래도 저런 놈에게 주는 것보다야 낫지."

"아무 효과도 없는데 욕심은."

"남보다 가족이 우선이잖아."

"말은 잘해요."

"응. 나줘."

"시끄럿!"

"칫!"

곧이어 유정상이 활력의 산삼을 쓰려져 있는 공지훈의 입에 집어넣자 활력의 산삼은 마치 원래 액체였던 것처럼 순식간에 녹으며 그의 식도를 타고 빨려 들어갔다.

번쩍.

공지훈의 몸에 빛이 일어나더니 곧 공지훈의 몸 안으로 빨려 들어가듯이 사라진다.

잠시 후 그가 정신을 차리고는 몸을 일으켰다.

그 모습을 보던 유정상이 녀석의 몸에 커서를 가져갔다.

[이름: 공지훈]

[나이: 23세]

[직업: 스톤마스터S(소환사)]

[레벨: 31]

[공격력: 650]

[방어력: 550]

[생명력: 1020/1020]

[힘: 62]

[민첩: 65]

[체력: 99]

[지능: 11]

[소환수 레벨: 35]

"헐. 대박. 레벨이 세 배가 넘게 올라 버렸군."

활력의 산삼 위력이 장난이 아니었다.

그 위력을 확인하고 나니까 어째 그냥 말도 안하고 먼저 먹여버린 행동이 후회가 되었다.

돈은 필요가 없었지만 이정도의 위력을 내는 아이템이라

면 저 녀석의 간과 쓸개를 모두 뱉어내게 만들 수도 있었을 것 같았기 때문이었다.

그런데 아직 그 사실을 제대로 알지 못 하는 공지훈이 그제야 정신을 차리고 힘들게 몸을 일으켰다.

"끄응."

신음소리를 흘리던 공지훈이 곁에서 자신을 내려다보고 있는 유정상을 보고는 흠칫 놀랐다.

아무래도 블랙로브를 입고 있는 음침한 모습이다 보니 정신을 차리자마자 보면 놀라지 않을 수가 없었던 것이다.

그리고 잠시 후 기억이 떠오른 공지훈이 유정상을 올려다보며 물었다.

"날 구해준 거야?"

하지만 유정상은 질문에 대한 대답대신 한심하다는 듯 혀를 찼다.

"그러게 뭣 하러 달려들어. 돌덩이 그깟 녀석 열이 덤벼도 소용없는 놈이었는데."

"맞아. 계란으로 바위치기더군."

머리를 긁적이며 웃는 공지훈을 바라보며 피식 웃었다. 별로 마음에 들지는 않는데 이상하게 미워할 수가 없는 녀석이었다.

"돌덩이 소환해봐."

"응? 지금?"

"그래."

"갑자기 왜?"

"그냥 해봐."

유정상의 재촉에 고개를 잠시 갸웃거린 공지훈이 고개를 끄덕이고는 곧 익숙하게 돌거인을 소환했다.

그런데 본인이 소환한 돌거인의 모습을 보고는 경악해버렸다.

"어? 뭐, 뭐야?"

놀랍게도 돌거인의 모습이 이전에 비해 많이 달라져 있었다.

예전에 비해 더 크고 굵은 느낌의 몸, 거기다 전신의 색상도 짙은 검은색에 가까웠다.

그리고 자세히 보니 주먹의 일부는 금속으로 되어 있는 것처럼 보인다.

그리고 보니 몸의 상태도 이전과 다른 것 같다.

뭔가 힘이 넘치는 기분도 들고 가벼워진 느낌도 있다.

"뭐지?"

공지훈이 고개를 갸웃거렸다.

그의 레벨이 오른 만큼 돌거인도 엄청나게 강화되어 버린 것이다.

"도대체 내게 무슨 일이 생긴 거지?"

"좀 변한 것 같냐?"

"뭐? 설마. 네가 그런 거야?"

"네가 너무 약해빠져서 말이지."

유정상이 늦게나마 자신이 준 보상에 대한 생색을 냈다.

그런데 공지훈의 표정이 뭔가 미묘하게 변했다.

"왜 그래?"

"아, 아니. 아무것도 아니야."

하지만 얼굴에는 누가 보더라도 알아 볼 수 있을 정도로 티가 났는데 '나 감동 먹었어.' 라고 말하고 있는 느낌이었다.

커서 마스터

Cursor Master

3. 던전 에디터

커서 마스터
Cursor Master

3. 던전 에디터

공지훈이 있던 장소를 드레이크를 타고 벗어난 유정상이 앙테크리스트가 나타났던 장소 주변을 주코를 앞세워 샅샅이 살폈다.

그리고 허공에서 신기루처럼 생겨난 이상한 대기를 발견했다.

"저거다. 주인!"

이미 한 번 본 경험이 있었던 터라 유정상도 금방 그것이 차원의 틈이라는 걸 알 수 있었다.

곧이어 그곳에 커서를 가져가자 커서가 뾰족하게 변한다.

그리고 그 곳에 커서를 가져가 쓱쓱 문지르자 투명한 액체가 흘러나와 그곳을 메웠다.

"이제 끝났나?"

이렇게 해두면 어찌되었든 이곳으로 놈들이 더 이상 들어오지는 못할 것이다.

차원의 틈을 막고 던전 밖으로 나가려던 유정상은 처음 들어왔던 플레임 길드원들이 아직 갇혀 있다는 이야기를 기억해 냈다.

그는 드레이크를 소환해 등에 타고, 주코의 탐지 마법을 이용해 그들의 위치를 수색했다. 이내 플레임 길드원들이 모여 있는 바위산을 발견하고 그곳으로 이동했다.

그곳에는 수많은 언데드들이 잔뜩 쓰러져 있었는데,

유정상은 앙테크리스트를 소멸시킨 탓에 언데드들이 모든 힘을 잃고 바닥에 널브러져 있는 것이라고 판단했다.

주코가 가리킨 방향인 바위 언덕 쪽으로 걸어가자 곧 나무와 바위가 잔뜩 쌓여 있는 곳을 발견했다.

동굴의 입구 같아 보였는데 언데드들의 침입을 막기 위해 이런 것들로 아예 막아버린 것 같았다.

유정상이 커서를 이용해 바위들을 걷어내자 그 안에 100여 명의 사람들이 쓰러져 있는 모습이 눈에 들어왔다.

바위들을 완전히 치워내고는 사람들을 살피자 다행히 죽은 사람은 없는 것 같았다.

아까 만들었던 모닥불을 회수하기엔 아직 그 불을 필요로 하는 사람들이 많다는 생각에, 혹시나 하는 마음으로 인벤토리를 확인해 보았더니 다행히 언제 생겨났는지 몰라도 환생의 불꽃 하나가 더 있었다.

동굴 안쪽에 모닥불을 설치할 수 있는 장소가 유정상의 시선에 들어왔고, 곧바로 그곳에 활력의 불꽃을 꽂아 넣었다.

화악.

불이 강하게 솟아올랐다.

곧바로 쓰러져 있는 사람들을 커서로 들어 모닥불의 가까이로 옮겼다.

거의 동굴 전체가 영향권 내가 되었지만 그래도 가까이 있는 게 더 효과가 좋기 때문이었다.

그리고 10여분 정도가 흐르자 하나둘 의식이 돌아오기 시작한다.

"어? 브, 블랙로브?"

"정말."

깨어난 사람들이 유정상을 보고는 놀랐다.

그리고는 곧 그들을 구하러 왔음을 알고는 서로 얼싸안고 기뻐한다.

개중엔 엎드려 우는 사람들도 보인다.

삶을 포기하고 서서히 죽어가던 이들은 마지막 순간에 나타나 자신들을 구해준 은인이 블랙로브라는 사실에 기뻐했다.

유정상은 그런 반응에도 아랑곳없이 인벤토리 속에 넣어둔 물병들을 꺼내 그들에게 나누어 주었다. 그리고 곧바로 사람들이 다 깨어나자 귀환석을 한 사람에게 던져 주었다.

"어느 정도 회복되면 모두 나가도록 해."

"감사합니다."

인사를 받는 둥 마는 둥 하며 유정상이 급히 그 자리를 벗어났다.

인근에 광산레이더가 작동한 것이다.

곧바로 광산레이더가 붉은 점으로 표시하는 장소로 향했다.

그리고 얼마가지 않아서 조그마한 웨이브륨 광산을 발견하자 유정상은 진짜 대박이 연달아 터지는 날이라고 생각했다.

한참 기뻐하는데 바로 그 근처에서 또 다른 광물이 발견되었다.

유정상이 가진 광산레이더는 웨이브륨만 표시하기 때문에 그 광물은 전혀 표시되지 않았다. 그 때문에 원래라면 발견하지 못했을 테지만 운 좋게도 발견한 것이다.

그런데 그 철광석은 웨이브륨보다 훨씬 더 귀하다고 알려진 스트로늄이었다.

그곳이 바로 플레임 길드가 발견했던 스트로늄 광산이었던 것이다.

묻힌 광석도 적지 않다.

"대박이다."

곧바로 유정상은 인벤토리에서 마검을 꺼내 그 일대를 모두 파헤치기 시작했다.

"나온다!"

"와아!"

마테오 3호 던전 밖으로 엄청난 수의 사람들이 쏟아져 나오기 시작하자 인근에 있던 수많은 사람들이 환호했고 더불어 기자들이 던전의 영향권 밖에서 촬영을 시작했다.

동시에 수많은 구급 차량들과 헬기가 인근에 대기하며 밖으로 빠져나온 헌터들을 후송하기 시작했다.

방송 카메라들도 지금의 장면을 촬영하고 있었고 각 방송국의 리포트들이 생중계로 상황을 설명하는 모습도 보였다.

그 상황에서 두 번째 사람들이 쏟아져 나온다.

이번엔 플레임 길드원들이었다.

위급한 상황에 빠져서 꽤나 오래 갇혀 있었음에도 생각보다 상태가 좋아 보였다.

갑자기 많은 수의 헌터들이 쏟아져 나온 덕분에 차량이 부족해져서 개인 승용차까지 동원해 후송하기 시작했다.

일부 헌터들은 지친 표정으로 취재 기자들과 인터뷰를 하기도 했다.

그 과정에서 블랙로브의 활약상을 전해들은 기자들이 급하게 전화를 걸기 시작했다.

이야기를 듣자마자 본능적으로 최고의 특종이라는 걸 느끼고 다른 방송국보다 조금이라도 빨리 기사를 내보내기 위해 분주하게 움직였던 것이다.

그러는 와중에도 모두 최고로 긴장된 모습으로 블랙로브가 던전에서 나오기만을 기다렸다.

한참 후 공지훈이 한층 더 당당해진 모습으로 던전을 빠져나왔다.

던전 출입구를 통과하는 공지훈을 보자마자 수많은 기자들이 그에게 몰려들었다.

그의 주변에 플래쉬가 터졌고 많은 기자들의 질문들이 동시에 쏟아졌다.

"블랙로브로서 이번 사태에 대해 한 말씀만 해주세요."

"드레이크를 길들였다는 이야기를 들었는데 그게 사실입니까?"

"이번엔 인간형의 몬스터를 거느리고 전투를 하셨다는데 그들의 정체는 뭐죠?"

많은 질문세례를 받는 와중에도 별다른 표정변화 없이 그저 묵묵히 자신의 차량이 있던 장소로 걸어가던 공지훈이 문득 걸음을 멈추자 순간 질문을 퍼붓던 기자들이 조용해졌다.

공지훈이 뭔가 말을 할 것이라고 기대한 것이다.

그런데 아무 말도 없이 가만히 서 있던 공지훈의 옆에서 갑자기 스스슥하는 기운과 함께 검은 옷의 사내가 모습을 드러냈다.

"헛!"

"꺄아아악!"

"뭐, 뭐야?"

기자들이 놀라서 비명을 지르며 뒤쪽으로 물러섰다.

그 때문에 근처에 있던 사람들이 뭔 일인가 싶어 모여들었다.

그리고 공지훈의 곁에 있는 사람이 익숙한 모습이라는 사실에 모두가 경악했다.

"브, 블랙로브다!"

놀랍게도 공지훈의 곁에 있는 사람은 블랙로브였다.

기자들이 순식간에 모여들며 소리를 질렀다.

"공지훈 씨는 블랙로브가 아니었습니까?"

"당신이 진짜 블랙로브인가요?"

기자들이 서로 얽히며 소리치자 블랙로브가 고개를 돌려 그들을 바라보았다.

가까이 있는 사람들에게조차 로브 속 얼굴이 확인되지 않았고, 심지어 카메라 플래시를 터트려도 로브 속 얼굴은 전혀 드러나지 않았다.

이쯤 되니 사람들도 저 검은색 로브가 특수한 능력을 가지고 있음을 짐작할 수 있었다.

그때 블랙로브가 음침하게 느껴지는 음성으로 말했다.

"내가 블랙로브다."

153

그 말을 들은 기자들이 모두 동시에 공지훈을 바라보자 그도 인정한다는 듯이 말없이 고개를 끄덕였다.

그 모습을 확인한 기자들이 더욱 애가 단 모습으로 마이크를 들이밀면서 블랙로브에게 달려들자 그는 순식간에 모습을 감춰 버렸다.

마치 순식간에 땅속으로 꺼져 버린 것 같은 귀신같은 움직임이었다.

"헉! 뭐, 뭐야?"

"어디로 사라진 거지?"

"인간이 맞긴 한 거야?"

난리 법석을 떨던 기자들이 정신을 차리고는 곧바로 공지훈에게 달려들었지만 결국 그에게서 알아낸 건 아무것도 없었다. 단지 상황을 보아하니 공지훈과 블랙로브의 사이가 꽤나 가까울 것이라는 정도만 추측이 가능할 뿐이었다.

❖ ❖ ❖

모처럼 공지훈이 자신의 집에서 냠냠플레이어의 냄비를 이용한 음식을 만들어서 혼자 식사를 하고 있는데 그의 형인 공정훈이 찾아왔다.

"아쉽다."

"뭐가?"

"네가 좀 더 오래 블랙로브 역할을 해주었다면 좋았을 걸. 그랬다면 우리 회사의 가치가 훨씬 더 급상승 했을 텐데 말이야."

"그런 꿈같은 얘긴 관두고…… 내가 블랙로브가 아니라는 것 때문에 폭락은 안했어?"

"별로 그렇지는 않아. 네가 블랙로브와 연관이 있는 사람이라는 건 분명하니까."

"그 정도면 된 거 아닌가?"

"나에게만 살짝 이야기해주면 안 돼?"

그 말에 공지훈의 눈이 가늘어졌다.

"뭘 말이야?"

"짜식이 무섭게 왜 노려보고 그래?"

"너무 깊이 알려고 하지 마. 아무리 형이라도 말 안 해줄 거니까."

"아직 아무것도 안 물어 봤는데?"

"블랙로브의 정체가 궁금한 거 아니야?"

공지훈이 다시 눈을 가늘게 뜨고 바라보며 묻자 공정훈은 그 시선을 피하며 피식 웃는다.

"훗, 그렇지 뭐."

"그러니까 안 된다고."

"거 녀석. 알았다. 알았어. 꽉 막혀가지고는."

소파에 몸을 묻으며 공정훈이 투덜거렸다.

그런데 그의 코를 자극하는 냄새. 최근 복잡한 회사일

155

때문에 식욕이 별로 없었는데 오랜만에 입맛이 도는 느낌이다.

덕분에 허기까지 지자 기대감 가득한 표정으로 고개를 살짝 빼면서 물어본다.

"그나저나 지금 먹는 거 뭐야? 냄새 좋은데."

하지만 공지훈은 공정훈의 말에도 아무런 반응 없이 냄비 속의 고기만 뜯어먹고 있다.

"그러고 보니 너 식성 바뀌었냐? 낡은 냄비로 음식을 해 먹는 건 처음 보는 것 같은데 말이야."

"맛있으면 그만이지."

"냄새 좋은데 한입만 줘봐."

"호텔에 가서 먹어. 한국 최고의 요리사를 그렇게 많이 보유한 주제에."

"냄새가 좋으니까 그러지. 한입만 줘."

"싫어."

✜ ❖ ✜

부르르릉.

한적한 시골의 커다란 공장건물의 마당으로 10톤 트럭 세대가 들어섰다.

그리고 따라온 승합차에서 내린 박시연이 공장 건물을 바라보며 휴대폰의 위치정보를 확인했다.

"여긴가?"

꽤나 외진 곳에 지어진 공장이었는데 겉은 깔끔해 최근 만들어진 곳 같았다.

박시연이 휴대폰으로 전화를 걸려고 하던 그때 누군가 그녀에게 다가오는 모습이 보였다.

"빨리 오셨네요."

"아, 정상 씨."

먼저 인사를 건넨 유정상이 웃으며 그녀를 공장 건물로 안내하면서 잠긴 문을 열었다.

스르르륵.

새 건물이라 그런지 문도 부드럽게 열린다.

유정상이 입구 근처에 있던 스위치를 작동하자 넓은 공장 실내가 순식간에 밝아졌다.

그리고 그 안으로 들어간 시연은 놀라움에 입을 떡 벌렸다.

실내는 엄청난 양의 몬스터 부산물로 가득 차 있었던 것이다.

특히나 이번에는 자주보기 힘든 뼈가 많았다.

"언데드의 뼈인가요?"

"잘 아시는 군요."

"자주보기는 힘들지만 사진으로는 많이 봤거든요. 이런 일 하려면 물건에 대한 지식도 많아야 하구요."

"그렇겠군요."

유정상의 그녀의 말에 고개를 끄덕였다.

박시연은 놀란 얼굴을 숨기며 안을 살폈다.

공장 안에는 지게차와 팔레트 그리고 각종 포장재들도 잔뜩 구비되어 있었다.

"여기."

유정상이 열쇠 하나를 내밀자 박시연이 얼떨결에 그것을 받아들었다. 바로 조금 전에 공장의 문을 열 때 사용했던 열쇠였다.

"앞으론 제가 연락드리면 알아서 찾아가시면 되고요. 돈은 제 계좌로 보내주시면 됩니다."

아무렇지도 않은 듯 내미는 열쇠를 내려다보며 박시연이 유정상에게 물었다.

"이런 걸 저한테 막 맡기셔도 괜찮아요?"

"뭐, 어때요. 하루 이틀 알고 지낸 것도 아닌데. 그리고 어르신이나 시연 씨가 이런 걸로 그동안 쌓은 신용을 내팽겨 칠 분들도 아니고."

"그렇게 생각해주시니 고마워요."

그렇게 말한 박시연이 잠시 머뭇거리다 뭔가 묻고 싶은 게 있는지 입을 달싹거린다.

그 모습을 본 유정상이 고개를 갸웃했다.

"뭐 할 말 있어요?"

"아, 뭐……."

뭔가 입을 열려던 그녀가 곧 고개를 흔들었다.

"아무것도 아니에요."

그렇게 말하자 잠시 유정상이 박시연을 바라보다 고개를 끄덕인다.

"그나저나 오신 분들 중에 지게차 사용가능하신 분 있습니까? 일단 전기지게차를 구해두긴 했는데 제가 이거 사용할 줄은 몰라서요."

"그건 제가 할 수 있어요."

"시연 씨가요?"

"네. 제가 이래 봬도 자격증이 많아요."

당당한 표정으로 팔을 걷어붙이는 폼이 제법 귀엽다.

그 때문에 유정상이 피식 웃었다.

"왜 웃어요?"

"아니. 뭐 아무것도."

"제가 여자라서 무시하는 건가요?"

"그런 건 아니고요."

유정상이 머리를 긁적였다.

그 모습을 보던 그녀는 묻고 싶은 게 많았지만 결국 더이상 말을 꺼내지 않았다.

얼마 전 그녀의 아버지인 박만호가 한 얘기 때문이었다.

- 그 친구. 아무래도 블랙로브와 관련이 있는 사람 같구나.

- 네? 정말요?

- 너도 어느 정도는 눈치 채고 있지 않았더냐?

- 그, 그야…….

박 노인의 말대로 시연도 그렇지 않을까 하는 정도의

생각은 하고 있었다. 하지만 진실이 어떻게 되었건 자신이 참견할 일은 아니었던 것이다.

아무래도 들어오는 부산물과 블랙로브가 활약했던 던전과의 일치성 때문에 그 정도는 예상하고 있었던 것이다.

하지만 블랙로브 본인인지 어떤지는 확신을 할 수 없었다.

– 하지만 신용은 생명과도 같은 것. 함부로 다른 사람들에게 떠들지는 말거라. 그리고 행여 그 친구에게도 티내지 말고.

– 알고 있어요.

그때의 대화를 떠올린 시연이 얼른 궁금증을 털어내며 피식 웃었다.

"아무튼 저희를 그렇게까지 신용해주셔서 감사해요."

"뭘요…… 그나저나 이번에는 광석이 좀 많은데 그 대장장이라는 분이 다 구입해주실지 모르겠네요."

"얼마나 되는데요?"

"저쪽."

유정상의 손가락이 가리킨 장소에 커다란 천막으로 덮여 있는 물건이 눈에 들어왔다.

꼼꼼히 쌓여 있어서 무엇인지는 알 수 없었고 거의 5톤 트럭 한 대분에 가까운 부피라는 것만 확신할 수 있었다.

"저게 다 뭐죠?"

"스트로늄."

"네?"

시연은 입을 다물 수가 없었다.

"식당?"

"그래. 이번에 이 근처에 오픈하려고."

집에서 쉬고 있던 유정상에게 공지훈이 연락을 해왔는데 근처에 있다며 잠시 보면 안 되겠냐는 말에 나왔더니 다짜고짜 식당 이야기를 꺼낸다.

이해할 수 없는 그의 행동에 유정상이 살짝 인상을 찌푸리며 물었다.

"그거 자랑하려고 불렀냐?"

"뭐, 그런 것도 있고. 다른 것도 있고."

"다른 거라니."

"그게 말이지 가게를 오픈하기는 할 건데 직원이 부족해서 말이야."

"직원? 벼룩시장에 광고 내보면 되잖아."

그 말에 공지훈이 눈살을 살짝 찌푸렸다.

설마 벼룩시장을 이야기할거라고는 전혀 예상하지 못한 탓이다.

제로그룹에서 직원을 뽑을 때 벼룩시장을 이용한 적이 없었기 때문에 그쪽으로는 생각해 본적도 없었다. 아니, 애초에 직원을 구하지 못해서 이런 말을 꺼낸 것이 아니었다.

"그것도 좋은 방법이기는 한데. 시간도 많이 없고 면접도 번거롭고 해서 말이야."

"뭐야? 그 정도도 안하고 사람을 부릴 작정이었냐?"

"아하하. 그게 아니라. 흠흠. 아무튼 아는 사람 혹시 없어? 요리 쪽에 관심이 많다거나 하는……."

"글쎄?"

"잘 좀 생각해봐. 근처에 말이야. 젊은 사람이었으면 좋겠는데."

"젊은 사람이라. 잘 모르겠다."

유정상이 전혀 모르겠다는 듯이 고개를 갸우뚱거리자 공지훈이 살짝 애가 타는 표정으로 다시 말했다.

"여자라든가."

"여자?"

"그래. 주방에서 일해 줄 사람이 특히 필요하거든. 다른 쪽 사람들은 다 구했으니까."

"한 명만 필요 한 거야?"

"그래."

"흐음."

"잘 생각해보라고."

"흐음."

그렇게 잠시 생각에 잠겨있던 유정상이 곧 얼굴을 와락 일그러뜨렸다.

"이 자식 갑자기 왜 나한테 그런 걸 강요하는 거야?"

"아, 아니. 뭐 그냥……."

공지훈이 머리를 긁적이며 웃을 뿐이었다.

"알바?"

"응. 내 친구 놈이 가게를 오픈했는데 주방에서 일할 사람이 한 명 부족하대서."

늦은 밤 요리학원을 마치고 돌아온 누나에게 유정상이 말했다. 결국 아무리 생각해봐도 주변에서 요리에 관심이 있는 여자라고는 누나밖에 없었던 것이다.

"알바비도 괜찮다고 그래서 혹시 관심 있을까 하고 말이 야……."

"친구 누구? 설마 그 방지훈이라는 사람?"

"그래."

최근 블랙로브는 다른 사람이라고 밝혀지긴 했지만 어쨌든 TV에도 나온 사람이라는 사실에 궁금함이 생기기도 했다. 물론 그런 소식에 그렇게 관심이 많지 않았던 탓에 공씨라는 사실도 정확히 알지는 못했다.

"하지만 아침에 가는 곳도 괜찮은데."

"전통 한식 요리집이래."

그 말에 정인의 귀가 솔깃해졌다.

"전통 한식 요리집?"

그녀도 학원에서 전통 한식을 공부하고 있는 중이었다.

지금 하고 있는 알바도 한식집이긴 하지만 그냥 일반 식당인데다가 그마저도 주요 요리는 주인 아줌마가 비법을

163

숨기고 있어 배우는 게 어렵다.

"주방 보조 한 명만 필요하대서 말이지. 근대 말이
야……."

그렇게 말하며 유정상이 슬쩍 다가서더니 정인의 귀에
속닥거린다.

별다른 표정 없이 귀를 기울이던 정인의 얼굴이 삽시간
에 놀람으로 물든다.

"정말? 알바비가 그렇게 쌔?"

"그렇다네?"

"설마 사기 아니야?"

"사기면 그 자식은 나한테 맞아 죽는 거지 뭐."

"흐음."

잠시 고민에 빠진 정인이 곧 밝아진 표정으로 고개를 끄
덕였다.

"일단 보고 판단하지 뭐."

❖ ❖ ❖

다음날 유정상이 누나와 함께 공지훈이 새로 열었다는
한식전문 가게로 찾아갔다.

그런데 가게 건물을 본 누나가 그 자리에서 얼어붙어 버
렸다.

그냥 일반적인 전통한식전문점 정도로 예상하고 갔는데

놀랍게도 제로그룹에서 운영하는 최고급 한식전문점이었고 그 건물도 엄청나게 고급스러웠기 때문이었다.

"여, 여기 맞아?"

"응. 아마도."

이곳은 건물도 현대식에 전통 한옥식을 섞어 독특하면서도 고급스러웠고 위치도 인근에서 가장 비싼 땅으로 유명한 곳이었다.

"잘못 안 것은 아닐까?"

"녀석이 겉모습은 멀쩡한 주제에 좀 허당이긴 하지."

"이 가게, 제로그룹에서 운영하는 최고급 가게야. 설마 네 친구라는 사람, 제로그룹과 관계가 있는 건 아니겠지?"

"난 그런 거 몰라. 그냥 금수저라는 것 정도만 알뿐이야."

그렇게 말하며 선뜻 들어가지 못하고 커다란 한옥 대문 앞에서 서성거리고 있는데 곧바로 문이 열린다.

그리고 때마침 밖으로 나오던 공지훈이 유정상을 보고는 반갑게 맞이한다.

"어서와."

"여기 맞구나."

하지만 곁에 있는 정인은 여전히 조금 긴장했는지 얼떨떨한 표정으로 공지훈에게 머리만 꾸벅하며 인사를 할뿐이었다.

"누님이시구나. 안녕하세요. 전 공지훈이라고 합니다."

"방지훈이 아니고요?"

그 말에 공지훈의 표정이 살짝 찌푸려졌다. 그녀의 착각이 누구의 잘못인지는 너무도 뻔한 상황이었기 때문이다.

이제는 제법 친해졌다고 생각했는데 여전히 성을 착각하는 유정상에게 툴툴거리며 물었다.

"공 씨가 그렇게 기억하기 어려운거냐?"

"시끄럽고, 아참 누나. 이 녀석 누나랑 동갑이니까. 서로 말 놓아도 될 거 같은데."

"뭐? 나랑 동갑?"

정인은 동생인 유정상이 친구라고 말해서 그냥 한 살 어리다고 생각했는데 자신과 동갑이라는 말에 조금 놀랐다.

그리고는 당황한 표정으로 유정상에게 말했다.

"그럼 형이잖아."

"형은 무슨. 그냥 트고 지내는 거지."

"괜찮습니다. 처음부터 친구로 지냈으니 상관없어요."

"그래도……."

"그런 이야기는 나중에 하고 일단 안으로 들어오세요. 아니, 들어와. 동갑인데 말 편하게 하자! 괜찮지?"

"으, 으응."

살갑게 구는 공지훈의 말에 유정인도 그냥 편하게 말을 놓아 버렸다. 동생의 친구이고 동갑이라는데 계속 존댓말을 하는 것도 어색했던 것이다.

안으로 들어서자 웅장하며 압도적인 내부가 그들을 맞이
했다.

바닥은 고급 대리석으로 되어 있었고 실내 인테리어는
마치 대하드라마의 실내 세트장을 보는 것 같았다.

얼이 빠진 얼굴로 주변을 둘러보던 정인이 다시 걱정스
런 얼굴로 유정상에게 다가가 조용히 물었다.

"이런 곳에서 겨우 주방 보조 한 명을 구하지 못했다
고?"

"낸들 알아? 그렇다니까 그런 줄 알지."

하지만 상위급 각성자인 공지훈의 귀는 무척 밝았고 또
한 최근에 능력이 급상승했기에 이정도 거리에서는 아무리
작은 소리라도 놓칠 리가 없었다.

그래서 공지훈이 그들 곁으로 다가와 어색한 표정으로
말했다.

"맞아. 그래서 정상이에게 어렵게 부탁한 거고."

"그래도. 여기 정도면……."

"직원이 생각보다 잘 구해지지 않더라고."

유정인이 의심스럽다는 듯이 말했지만 공지훈이 얼른 그
말을 받으며 확정적으로 말했다.

물론 절대로 그렇지 않았지만 말이다.

이미 다른 파트 직원들은 엄청난 경쟁률 속에 채용이 확
정되어 있었고, 그녀의 자리는 일부러 공지훈이 비워둔 것
이었다.

공지훈이 얼마 전에 있었던 일을 떠올리며 입꼬리를 끌어올렸다.

그의 형인 공정훈에게 친한 친구와 더 가까워 질수 있는 방법에 대해 물었던 일이 있었다. 그러자 공정훈은 오랜만에 형 모드가 되어서는 진지하게 가르쳐주었다.

– 내 사람으로 만들려면 일단 그 친구의 가족을 공략해야지.

– 가족?

– 그래. 까다로운 상대라고 하더라도 가장 소중한 사람이 있을 거잖아. 그럼 대부분 가족일거야. 가족에게 점수를 따두면 뭐 그다음은 탄탄대로지.

– 그럴까?

– 네가 도와줘?

– 응.

공정훈은 막내 동생이 말하는 친구가 누굴 지칭하는지는 대충 눈치 채고 있었다.

공지훈이 친구가 전혀 없는 것은 아니지만 저렇게 신경 쓰는 친구는 이제까지 한 번도 없었다.

이전까지 하지 않던 행동을 할 정도라면 그 친구라는 사람이 누구일지는 대충 짐작이 가고 있었던 것이다.

그래서 얼른 그 상황에 끼어든 공정훈은 친구라는 사람의 가족사항을 대충 듣고는 고개를 끄덕였다.

– 친구 누나가 요리사를 꿈꾼다고?

─ 그렇게 알고 있어.

─ 알았다. 그럼 이렇게 하자. 곧 오픈 예정인 적당한 식당이 하나 있는데 거길 네가 맡아. 물론 운영은 다 알아서 할 사람은 있으니 형식적인 거니까.

─ 그래서?

그렇게 시작된 일이었다.

그것을 생각하며 피식피식 웃고 있는데 유정상이 곁눈질로 자신을 바라보자 헛기침을 했다.

"크음. 일단 주방으로 가자."

❖ ❖ ❖

"크아아아아!"

외눈박이 괴물 사이클롭스가 소리를 지르며 달려들었다.

하지만 검은 옷의 사내와 붉은 옷의 여자는 별로 긴장한 기색도 없이 그 모습을 정면에서 바라보고만 있다.

오히려 검은색 헌터 슈트를 입은 채 그들보다 좀 더 뒤쪽에 자리 잡고 있는 십여 명의 사내들이 긴장한 표정으로 두 사람을 지켜보고 있었다.

눈 깜짝할 사이에 8미터에 이르는 거인 사이클롭스가 한쪽 발을 번쩍 치켜들며 두 사람이 있는 자리를 내려찍었다.

그대로 짓뭉개 버리겠다는 의지가 드러나는 공격이었다. 하지만……

퍼엉.

"크어어어!"

그곳에서 강력한 충격파가 발생하며 오히려 공격했던 사이클롭스가 꼴사납게 버둥거리며 튕겨져 나갔다.

쿵.

놈이 거대한 바위를 부수며 쓰러졌다.

하지만 워낙 튼튼한 몸을 가진 녀석이었기에 고개를 몇 번 흔들고는 곧 다시 몸을 일으키더니 다시 달려들었다.

지면을 울리며 달려드는 놈을 보고도 두 사람은 여전히 태연했다.

곧 붉은 옷의 여자가 손을 번쩍 들어 올리자 번쩍하며 빛이 일더니 갑자기 사이클롭스의 몸이 지상에서 떠올랐다.

"크워어어어!"

놈이 버둥거리며 소리치는 모습이 볼만한지 여자의 입꼬리가 올라갔다.

그 상태에서 검은 옷의 사내가 등 뒤에 메고 있던 검을 꺼냈다.

그리고 옆으로 검을 뻗자 일반적인 장검의 모양을 하고 있던 그 검이 삽시간에 커졌다.

길이가 최소 3미터 이상에 폭은 40센티미터 정도의 거대한 검으로 변해버리자 그것을 치켜들고는 공중에 떠 있는 사이클롭스 쪽으로 달려간다.

그리고 몸을 띄운 그가 칼을 아래로 빠르게 휘둘렀다.

번쩍.

그리고 곧이어 사이클롭스의 몸에 기다란 붉은 실선이 생겨났다.

"크으으으으."

최후의 신음을 흘리던 사이클롭스의 몸이 순식간에 쪼개져 버렸다.

그 모습을 바라보던 여자가 오른쪽 새끼손가락을 가볍게 씹으며 불만 섞인 음성으로 말한다.

"재미없어. 이런 거."

"훗. 아무래도 그렇지?"

"그래. 내 피를 뜨겁게 해줄 몬스터가 필요해."

"그래도 한국에선 7성급까지만 마음대로 들락거릴 수 있으니 할 수 없는 일이지."

불만에 잔뜩 인상을 쓰고 있던 여자가 갑자기 돌아서더니 뒤쪽에서 대기하고 있는 사내들을 향해 날카로운 음성으로 물었다.

"호주에 있는 8성급 던전 신청해 놓은 건 아직이야?"

여자의 질문에 검은 헌터 슈트를 입은 사내 한 명이 빠르게 다가와서는 식은땀을 흘리며 대답했다.

"그, 그게 아직 허가가 나질……."

"뭐?"

"죄. 죄송합니다."

"50억으로도 안 된다는 거야?"

"던전 레이드 신청이 밀려 있어서 올해 안으로는 어렵다는 대답만……."

빠지직.

"우왓!"

순간 그녀의 곁에서 스파크가 튀자 다가왔던 남자가 흠칫 놀라며 뒤로 물러섰다. 혹여 실수로라도 그녀의 주변으로 튀어오르는 저 스파크에 감전이 되면 자신은 최소 중상을 면키 어려울 것이기 때문이었다.

"씨발. 일 똑바로 안할래?"

"죄송합니다."

"이놈의 나라는 8성급 이상 던전을 죄다 그놈들에게만 허용하고. 우리는 뭐 찌끄레기야 뭐야?"

그 모습을 본 거대한 검을 쥔 사내, 강진혁이 나직이 한숨을 쉬었다.

그리고는 곧 검을 다시 줄여 등 뒤에 메고는 그녀에게 다가가며 말했다.

"엊그제 6성급 던전에서 재미난 일이 있었다고 하던데 혹시 들었어?"

그 말에 여자가 코웃음을 쳤다.

"웃겨. 6성급 따위에서 재미난 일이 있어본들 뭐가 있었겠어?"

"7성급 던전의 보스를 능가할지도 모를 존재가 나왔었다는 소문이 있어. 혹자는 8성급 보스로 파악하는 인간도 있고."

그 말에 붉은 옷의 여자 박선경이 믿을 수 없다는 표정을
지어보였다.

"흥. 말이 되는 소리를 해야지."

"윤환태의 입에서 나온 이야기라던데?"

강진혁의 말에 그녀도 깜짝 놀랐다.

"뭐?"

그제야 박선경이 관심을 보이면서 그를 돌아보고 다시
물었다.

"포이즌 드래곤의 그 건방진 윤환태가 그런 말을 했다
고?"

"그래."

대화를 나누는 두 사람 역시 윤환태와 같은 4급의 각성
자였지만, 이들의 수준은 윤환태와 같이 논할 수 없었다.

군인 계급에 비유하자면 윤환태가 상병을 갓 달은 상태
라고 한다면 이 두 사람은 이제 곧 병장 진급을 앞둔 상병
말호봉이라 할 정도로 윤환태와의 차이는 현격했다

"확실한 거야?"

박선경이 미심쩍은 표정으로 묻자 강진혁이 고개를 끄덕
였다.

"거의."

"칫. 거의는 또 뭐야?"

"본인에게 직접 확인 하지는 않았지만 측근에서 나온 말
이야. 그러니까 거의 확실하다는 뜻이지."

"정말? 그렇다면 흥미로운데? 그런 괴물이 6성급에서 나오다니. 그래서 윤환태가 그 괴물을 처리했다는 거야?"

"블랙로브가 그랬다고 하더군."

"블랙로브? 그 쓰레기 몬스터들을 끌고 다닌다는 그 우중충한 놈?"

그 말에 강진혁이 피식 웃었다.

"너도 그 녀석을 알고 있는걸 보면 블랙로브가 정말 유명한 놈인 것은 확실한가 보군."

"뭐, 주변에서 하도 시끄러우니까. 그런데 그 놈이 그런 괴물을 쓰러뜨렸다고?"

"맞아."

"윤환태 그놈은 구경만 했고?"

"들리는 말에 따르면 블랙로브가 자신보다 월등히 강하다고 말했대."

"윤환태보다 강해? 하긴…… 뭐 제법이긴 하지만 윤환태가 그리 강한 녀석은 아니니까."

"비공식적이긴 하지만 윤환태가 블랙로브의 능력을 자신의 힘으로는 가늠할 수조차 없다고 말 했다는 이야기를 들었다."

"뭐? 설마 그 정도야?"

"그래. 솔직히 나도 쉽게 믿기지는 않지만……."

"아하하하하하하하!"

강진혁이 조금 심각해 보이자 박선경이 갑자기 자지러지게 웃었다. 그녀의 장난기 어린 웃음에 강진혁은 살짝 인상을 찌푸리더니 불만 섞인 음성으로 물었다.

"왜 웃어?"

"웃기잖아. 그게 말이 돼? 겨우 윤환태 따위가 한 말인데. 그 놈 분명히 아무렇게나 지껄인 게 분명해. 처음엔 그럴 수도 있겠다 싶었는데 듣고 있으니 갈수록 가관이잖아. 도대체 어디까지 믿으라는 거야 정말."

"글쎄……. 과연 그럴까?"

"내 말이 맞다니까. 넌 너무 심각해서 탈이야."

박선경은 전혀 그 말을 믿는 눈치가 아니었다.

사실 이야기만 놓고 보면 한 다리 건넌 이야기에 허풍이 너무 많이 가미된 것 같아서 강진혁 역시 전적으로 신뢰하기는 어려웠다.

하지만 그 대상이 아직까지 정체가 제대로 알려지지 않은 블랙로브이다 보니 쉽게 넘기지 못한 것이다.

얼마 전까지만 해도 자신들과 같은 강자들에겐 그저 어중간한 힘을 가진 관심종자 수준으로밖에 보이지 않았던 것이다.

그러나 아무도 가지지 않은 능력인 안전지대와 몬스터 조련 능력이 점점 부각되면서 최상위 헌터들도 조금씩 블랙로브에게 신경을 쓰고 있었다.

그런데 이번에 알려진 사실은 조금 더 충격적이었다.

6성급에서 나타난 괴 생명체에 대한 이야기.

아직 제대로 된 정보를 확인하지는 않았지만 윤환태가 했던 이야기만큼은 제법 신뢰감 있는 정보통을 통해 전해 들었기에 무시하기가 쉽지 않았다.

그렇게 잠시 생각에 잠겨 있는 사이 먼 곳에서 커다란 번개가 내려치는 모습이 눈에 들어왔다.

"응? 뭐야 저건?"

박선경이 살짝 눈살을 찌푸리며 번개가 떨어진 장소를 바라보았다.

강진혁 역시도 그 방향에 고개를 돌렸다.

그런데 그곳에서 느껴지는 이상한 기운이 순간 강진혁의 전신에 소름을 돋게 만들었다.

"너도 느꼈어?"

박선경이 눈을 동그랗게 뜨며 강진혁에게 물었다.

"그래."

"우리 가보자."

"느낌이 좋지 않다. 일단 조사단부터 파견해 보는 게 어때?"

"설마 겁먹은 거야?"

그녀의 도발적인 말에도 강진혁은 전혀 흔들림이 없었다. 어차피 그런 그녀의 말투에는 익숙했다. 그리고 지금 다시 보니 그녀는 저 방향에서 느껴지는 이상한 기운을 강진혁만큼 심각하게 받아들이지 않는 것 같았다.

강진혁이 다시 한 번 차분한 어조로 말했다.

"신중한 거야. 위험이란 녀석은 늘 방심과 함께 불시에 찾아오거든."

"말이나 못하면. 아무튼 난 가볼래. 왠지 재미있을 것 같으니까."

"……."

"정말 안 갈 거야? 너 안가면 나 혼자라도 갈 거니까."

그렇게 말하며 박선경은 뒤도 돌아보지 않고 빠른 속도로 그곳을 향해 달려간다.

그 때문에 주변에 대기하고 있던 십여 명의 헌터들도 그녀를 따라 뛰기 시작했다.

"못 말리겠군."

강진혁이 미간을 좁히며 불만스럽게 투덜거렸지만 하는 수 없다는 듯 한숨을 쉬고는 곧바로 그녀를 뒤따라 달려갔다. 제멋대로이고 성질 나쁜 여자이기는 하지만 그래도 뛰어난 실력을 가진 소중한 파트너였기 때문이다.

그런데 벼락이 떨어진 곳에 다다르자 뭔가 주변공기가 축축한 것 때문인지 기분이 나빠졌다.

"뭐지? 이 느낌은?"

"그러게."

그런데 그때 다시 벼락이 떨어졌다. 그것도 바로 직전에 떨어졌던 그 자리에 연속으로 몇 번이나.

콰가강. 콰강. 콰아아앙.

같은 자리에 여러 번의 번개가 떨어지는 건 처음 보는

현상이었다.

"이런 거 본 적 있어?"

박선경의 물음에 강진혁이 고개를 저었다.

"아니."

"나도 이런 건 들어본 적도 없어. 아무리 던전에서 일어나는 일이라고는 해도 이렇게 한자리에 벼락이 연속으로 떨어지다니. 마치 뇌전 능력 같잖아."

그녀 역시도 뇌전능력자이다 보니 인위적으로 펼친 것이라면 불가능하다고 생각되지는 않았다.

하지만 이렇게 강한 번개는 그녀로서도 아직 불가능했다.

물론 그녀가 알고 있는 그 어떤 사람도 가능한 수준이 아니었다.

그렇게 신기하기만 한 현상에 넋을 잃고 바라보는데 그곳에서 하나의 형체가 모습을 드러내기 시작했다.

검은 연기에 쌓여 있는 암울한 느낌의 거대한 형상.

마치 악마의 모습을 한 것처럼 보이는 그 형상에 두 사람은 눈살을 찌푸렸다.

"저거. 뭐야?"

박선화가 아랫입술을 깨물며 물었지만 강진혁 역시도 처음 보는 형상이라 달리 해줄 말이 없다. 그저 찌푸린 표정으로 나직이 중얼거릴 뿐이었다.

"뭔가 느낌이 좋지 않아."

　　　　✤ ❖ ✤

　7성급 던전 '불꽃 2호' 던전.

　이틀 동안 달콤한 휴식을 취하던 유정상에게 떨어진 미션이 가리킨 장소였다.

　6성급을 넘어서면서부터는 아예 자격이 되지 않는 상황이라 정문으로 들어갈 수는 없는 일이었다.

　국가에서 통제하는 던전인 이상 통제가 있었고, 정부에서 요구하는 정도의 자격을 갖추지 않은 상태에서는 합법적인 출입이 불가했다.

　하지만 유정상은 헌터 확인증만 가지고 있으니 애초에 정당한 방법으로는 통과가 불가능했다.

　그러나 은신 스킬이 있는 그에게 던전에 몰래 들어가는 것은 어려운 문제가 아니었다.

　유정상이 모두의 눈을 피해서 던전 안으로 들어서자 곧바로 미션이 주어졌다.

　[아킨젤스인 미르엘을 깨워라.]

　[끊임없이 도발하는 마계의 세력들을 견제하기 위해서는 던전에 잠들어 있는 미르엘을 깨워야만 한다.]

　[미션 실패 시 10레벨의 하락과 함께 50만 골드가 사라진다.]

　[미션수행까지 남은 시간 72시간]

[미션을 수행할 아이템이 주어집니다.]

번쩍하는 느낌과 함께 인벤토리에 생성된 빛 덩어리.

[천사의 수호석]
[소환수에게 쓰면 수호자로 전직한다.]

주코는 그것을 보자마자 두려운 표정으로 유정상에게서 슬금슬금 떨어지며 말했다.

"나에겐 좋지 않은 물건이다."

"왜?"

"왜라니. 천사의 물건이잖아!"

주코는 '천사의 물건이잖아!' 라는 말을 마치 '저주받은 물건이잖아!' 라는 느낌으로 말하고 있었다. 그 말을 들은 유정상은 헛웃음을 흘리더니 가볍게 고개를 끄덕이며 말했다.

"참, 그러고 보니 넌 마계 출신이었지?"

유정상이 이어서 백정에게 시선을 돌렸다. 백정은 영문을 몰라 커다랗고 맑은 눈만 멀뚱멀뚱거린다.

그 모습을 본 유정상이 커서로 백정의 레벨을 확인하니 딱 30이다.

굉장히 많은 레벨을 올리기는 했지만 마지막 앙테크리스트를 잡기 직전에 역소환되는 바람에 주코나 드레이크에 비해 많이 부족하다.

곧바로 커서로 '천사의 수호석'을 잡고는 백정의 몸에 떨어뜨렸다.

"삐이이이."

천사의 수호석이 백정의 몸 안으로 스며들어가자 갑자기 눈을 크게 뜨고는 펄쩍펄쩍 뛴다.

그리고는 곧바로 살짝 떠오르는가 싶더니 몸에서 빛을 뿜어내기 시작했다.

팟.

곧바로 전신이 눈처럼 하얀 털로 변하더니 백정의 등 뒤에서 작은 날개가 돋아났다.

마치 아기 천사와 같은 조그만 크기의 깃털이 나풀거리는 날개였다.

그리고 백정의 쌍칼에는 신기한 느낌의 빛이 생겨나더니 사라지지 않고 그대로 빛의 검으로 변화했다.

[소환수 백정의 전직.]

['칼손 두더지'에서 '빛의 검 수호자'로 전직합니다.]

[모든 능력치가 상승합니다.]

전직완료 알림에 얼른 백정의 레벨을 확인해 보니 놀랍게도 41이다.

"아악! 왜 나보다 레벨이 높은 거야?"

"삐이이이!"

"네가 선배라 당연한 거라고? 젠장."

주코가 마음에 들지 않는다며 투덜거렸다.

하얀 털의 백정이 자그마한 날개를 팔락거리며 하늘을 날고 있다.

이전에 없던 능력이라 꽤나 즐거운지 날아다니며 삐익- 삐익- 소리를 지르자 그것을 또 못마땅한 얼굴로 노려보는 주코의 모습이 보인다.

잠시 그들의 모습을 보니 어쩐지 오늘도 평화로운 던전의 하루를 감상하는 기분이다.

'그나저나 미르엘이 어떤 녀석이지?'

미르엘이라는 존재가 무엇인지조차 알지 못한 채 커서가 가리키는 방향으로 걸어가기 시작하던 유정상이 문득 주코에게 물었다.

"아킨젤스가 뭐냐?"

"뭐긴 천사 녀석들의 계급이지."

"계급?"

"그래. 정확한 서열은 모르지만 대충 아래등급일거야."

주코의 설명을 들으니까 유정상도 이번 미션은 잠든 천사를 깨우는 일이라는 것을 알 수 있었다. 천사를 깨우는 미션이다 보니 미션수행 아이템으로 천사의 수호석을 줬다는 것을 알 수 있었다. 잠든 천사를 깨우기만 하는 일이라면 지금까지의 미션들보다 쉬운 난이도이지 않을까 하는 생각이 들었다.

"그럼 미르엘은?"

"그건 나도 몰라. 천사놈들 중 유명한 놈들 몇 놈 말고는 다 듣보잡이지."

"듣보잡? 큭큭."

"왜 웃어?"

"뭔가 천사를 듣보잡이라고 말하는 게 웃기니까 당연하지."

"듣보잡을 듣보잡이라고 하는 게 뭐가 우스워."

그냥 웃겨서 웃는 건데 그걸 자신을 비웃는 거라고 생각했는지 주코가 다시 따지고 든다. 유정상은 그 모습이 귀엽게 보이면서도 함부로 행동하지 못하도록 가볍게 흘겨보며 으름장을 놓았다.

"알았으니까 사소한 일에 열 내지 마라. 그러다 맞는다. 그나저나 앞전엔 마족과의 전투를 끝냈더니 이번에 천사를 깨우라는 거군."

유정상의 으름장에 찔끔한 주코는 살짝 주눅이 든 표정이 되더니 더 이상 따지지 못하고 얼른 딴소리를 한다.

"이거 차별 아니야?"

"차별?"

"그놈의 미션이라는 거 말이야. 어떤 놈은 깨어나려니까 작살을 내더니, 어떤 놈은 자는데 다시 깨우라고?"

"마족과 천사가 같냐?"

"다를 건 또 뭐야?"

"완전 다르지."

"어째서?"

"지나가는 사람들에게 물어봐. 천사로 불러주는 게 좋은지 악마로 불러주는 게 좋은지 말이야."

"……"

"이제 알겠냐?"

"쳇. 천사만 좋아하는 더러운 세상."

"뭔 소리야?"

뭘 해야 하는지 자세히는 모르겠지만 일단 미션이 떨어졌으니 그것에만 집중하기로 했다.

입구에 들어서고 잠시 후 처음 등장한 놈들은 다섯 마리의 아누비스로 자칼머리를 달고 있는 인간형 몬스터였다.

[이름: 아누비스]

[레벨: 24]

[공격력: 820]

[방어력: 870]

[생명력: 4800/4800]

[힘: 350]

[민첩: 58]

[체력: 470]

[지능: 7]

2미터 가까운 커다란 키에 제법 날렵한 몸과 커다란 손톱을 가진 아주 야무지게 생긴 놈들이었다.

유정상은 소환수들의 훈련이라 생각하며 일단 드루이드 10명을 소환했다.

그러자 한 명의 주술사형 드루이드가 포함된 무리가 소환되었다.

아누비스들은 드루이드들의 모습을 보자마자 적이라는 판단이 들었는지 곧바로 달려들었다. 하지만 드루이드들은 이미 큰 전투를 경험한 녀석들이라 레벨이 이전과 완전 다른 존재로 변해 있었다.

전사형 드루이드들이 빠르게 동물형 몬스터로 변신해서 달려 나가더니 놈들을 덮쳤다.

"크아아앙!"

"카오오오!"

큰뿔 사자로 변한 전사형 드루이드가 아누비스 한 마리의 목을 물어 가볍게 뜯어 버렸고, 순식간에 바닥을 뒹굴며 거친 싸움이 시작되었다.

하지만 드루이드와 아누비스의 레벨 차이가 극심했는지, 순식간에 적들이 전멸해 버렸다.

약간의 상처를 입은 전사형 드루이드들은 하급 힐링 마법 능력을 가진 주술사형 드루이드에 의해 치료를 받았고 상처는 금새 아물었다.

"주인. 부하들이 강해지니까 내가 뿌듯하다."

주코가 어깨를 으쓱하며 말하자 유정상이 어이가 없어 웃고 말았다.

그렇게 커서를 따라 계속 이동해가자 다시 아누비스들이 몰려왔다.

처음엔 다섯 마리로 시작한 놈들이 시간이 지날수록 그 숫자가 점점 늘어만 갔다.

그리고는 어느새 그 수는 20마리로 늘어나 있었다.

하지만 여전히 드루이드 열 명 만으로도 그들을 상대하기에 충분했다.

전사형 드루이드 한 명이 두세 마리의 아누비스와 맞서 싸우는 일대다수의 상황이 펼쳐졌지만, 주술사형 드루이드의 보조가 뒷받침되었기 때문에 전력에 손실은 없었다.

하지만 다구리에는 장사 없다고 했던가.

상대가 30마리를 넘어가자 10마리의 드루이드들로 상대하는 것은 점차 버거워졌고, 유정상은 곧바로 드루이드를 30마리로 늘렸다.

그 상태로 커서가 가리키는 방향으로 이동해 가는데 커서 방향과 다른 방향에서 아누비스가 계속 나타나고 있다.

잠시 머뭇거리던 유정상이 아누비스가 계속 몰려오는 방향으로 발걸음을 돌렸다.

"어? 주인 어디로 가는 거야? 그쪽이 아니잖아?"

"시끄러. 나도 생각한 게 있으니까 가만히 있어."

유정상은 아누비스가 몰려드는 방향으로 소환수들을

보냈다.

겉보기에 두 종족간의 전투 양상은 매우 치열하게 보이는 듯했다.

그러나 이미 많은 경험치를 쌓으며 레벨업을 해 온 드루이드들과 신생아와 같이 갓 리젠된 아누비스들의 전투력에는 수준차이가 있을 수밖에 없었다.

어느새 팽팽하게 전황은 점차 균열이 생겼고, 드루이드들은 압도적인 무력으로 적들을 쓸어 버렸다.

그 상태에서도 드루이드들의 진격은 멈추지 않았다.

어느새 아누비스의 보스를 마주한 유정상은 드루이드들을 뒤로 물리고 직접 은신 스킬로 녀석에게 달려들었다.

한 종족만 꾸준하게 나오는 것을 보고는 보스가 있지 않을까 추측하고 와본 것인데 역시 아누비스의 보스가 등장한 것이다.

근처까지 몰래 접근한 유정상은 전사의 영역을 만들어 버렸고 곧이어 싸움이 벌어졌다.

하지만 앙테크리스트를 처치하며 엄청난 레벨 상승을 이룩한 유정상에게 3미터의 거대한 보스는 그저 일반 몬스터에 지나지 않았다.

콰앙.

순식간에 아누비스의 보스를 제압한 유정상은 그의 머리에 군주의 인장을 박았고, 이내 250점의 군주 포인트가 추가되어 총 1,170점이 되었다. 드디어 군주 포인트 1,000점을 넘긴 것이다.

"결국 군주 포인트가 목적이었군."

"당연하지. 저번 싸움에서도 포인트가 부족하다는 걸 느꼈으니까."

"하긴 부하가 많으면 좋긴 하지."

그렇게 중얼거리던 주코가 뭘 생각하는지 자신의 턱을 긁적이며 히죽거린다.

유정상은 녀석이 무슨 생각을 하고 있을지 알 것 같아서 피식거렸다.

그런데 그때 이상한 일이 벌어졌다.

[미션 일시중지.]
[미션이 일시 중지되며 새로운 미션이 하달됩니다.]
[좌표는…….]

"이건 또 무슨 개소리야?"

유정상이 황당한 표정을 지으며 메시지를 바라보았다.

던전을 나온 유정상이 자가용을 타고 좌표가 가리키는 방향으로 이동하는 동안 바라본 길거리의 사람들은 왠지 모르게 분주해 보였다.

어디에서 큰일이라도 난 것인지 사람들의 표정에는 당혹감 혹은 두려움으로 물들었고, 이리저리 부산하게 뛰어다니고 있었다.

무슨 일인가 싶어 유정상은 일단 라디오를 틀어 보았다.

– ······로 인해 주변이 완전히 초토화 되었습니다. 이번 일은 기존에 있었던 몬스터 웨이브에 비해 피해 규모가 월등히 크며, 전 세계적으로도 유래가 없을 정도라고 합니다.

– 현재까지 확인된 피해 규모는 어떤가요?

– 아직 정확한 집계가 조사되지 않았지만 대략 천 명 이상의 사상자가 발생한 것으로 보이며 재산피해규모는······.

"뭐야? 몬스터 웨이브?"

순간 유정상은 혼란을 느끼고 말았다.

자신이 과거로 온 후 자신의 기억과 조금씩 어긋나게 흘러가는 느낌은 있었지만 큰 차이는 없었다.

하지만 이번의 경우에는 자신이 알고 있는 미래와 확연히 그 궤를 달리하고 있었다.

회귀하기 전의 이 시기에 천 명 이상의 사상자가 발생하고 이렇게 대대적으로 보도가 될 정도의 몬스터 웨이브가 벌어진 기억은 결단코 없었다.

자신이 과거로 돌아온 뒤의 인과관계로 자신이 알고 있던 기억과는 다른 미래가 펼쳐지는 것은 아닐까 하는 생각이 들었다.

갑자기 변경된 미션 장소의 좌표가 지금 몬스터 웨이브가 일어난 곳과 일치한다는 사실이 유정상의 가설을 뒷받침하고 있었다.

뭔가 심상치 않은 일이 벌어지고 있는 것은 틀림없었다.

조급한 마음에 미션장소로 조금이나마 빨리 가고자 고속도로에 진입하려고 했으나, 그의 바람대로 상황은 순탄하게 흘러가지 않았다.

몬스터 웨이브로 인해 대규모의 피난민이 몰리면서 시내의 도로 전체가 마비된 것만 같았다. 몬스터 웨이브의 발생 장소가 가까운 것은 아니었지만, 피해 규모가 크다보니 인근 도시에 거주하던 사람들까지 대피하는 상황에 이른 것이었다.

"젠장! 이래서야 오늘 내로는 도착하기 힘든 거 아니야?"

그렇게 투덜거리던 유정상은 자가용으로 도저히 갈 수 없다고 판단하고는 차를 인근 주차장에 넣었다.

도로에는 차가 넘쳐났지만 주차장은 거의 텅텅 비어있었기에 서둘러 아무 곳에나 주차를 하고는 곧바로 거리로 나섰다. 그리고는 우선 은신 스킬을 시전하며 사람들의 시선으로부터 몸을 숨긴 후, 앙테크리스트를 처치하고 획득한 점프 스텝 스킬을 추가로 발휘하며 달리기 시작했다.

타타탁.

몸이 가벼워지며 한 걸음에 수십 미터씩 마구 날아오른다.

덕분에 건물 위까지 뛰어 올라간 유정상은 뻥 뚫린 시야를 느끼며 다시 허공을 나르듯이 달리기 시작했다. 이동의 팔찌도 중간에 필요할 때마다 같이 이용하니 속도가 꽤나 빨랐다.

이번엔 굳이 공지훈에게 연락하지 않고 스킬만으로 이동해 보기로 마음먹었다.

이렇게 이동하는 방식은 마나 소모가 적지 않았지만 그 동안 레벨을 올린 덕분인지 보유 마나량이 많아져서 큰 문제가 되지는 않았다.

얼마 지나지 않아 미션이 가리킨 장소 근처에 도착했다.

그런데 주변의 상황을 접한 유정상은 입을 다물지 못했다.

"씨발. 이게 다 뭐야?"

좌표가 가리킨 던전의 인근은 그야말로 재난현장 그 자체였다.

몬스터 웨이브의 발생 지점과 2킬로미터 이상 떨어져 있는 곳이었음에도 건물들이 죄다 박살이 나 있었던 것이다. 마치 이곳만 리히터 규모 7이상의 지진이 발생한 것 같은 처참한 광경이었다.

문제는 그뿐만이 아니다.

그렇게 무너진 건물 사이로 보이는 몬스터들.

일반적인 몬스터만 있는 것은 아니다.

몬스터들 사이사이로 거대한 괴물의 모습을 살펴볼 수 있었다.

한쪽에서는 외눈박이 거인 사이클롭스가 아직 쓰러지지 않은 건물을 마구 부수고 있었고 또 한쪽에서는 거대수리가 찢겨진 사람의 시체를 물은 채 상공에서 유유히 비행하고 있었다.

그나마 다행이라면 녀석들이 아직까지는 던전의 영향권 내라고 할 수 있는 제한된 구역 이상을 벗어나지 않는다는 것이었다. 하지만 그것도 잠시 뿐일 것이다. 며칠 후면 놈들은 제한 구역을 벗어날 것이고, 피해는 더욱 광범위해질 것이다.

한 15년 이상이 흐른 뒤에는 이런 일이 뉴스에서 수차례 언급될 정도로 빈번하게 발생했기에, 유정상이 모를 리 없었다.

하지만 지금은 대규모 몬스터 웨이브를 경험해 본 사람이 없었기에, 아마도 이런 상황에서의 대처방법을 아는 사람은 전무할 것이다.

그러다보니 인근에 군 병력들까지 투입되어 있었다.

7성급 던전의 경우 일반적인 무기로는 사냥이 불가능한데도 말이다.

아무리 몬스터들이 던전 밖으로 나온 상태라고 하더라도, 저런 놈들을 잡으려면 모르긴 몰라도 전술 핵무기정도는 필요할 것이다.

그렇기에 지금 가장 필요한 것은 저따위 군 병력이 아닌 뛰어난 헌터, 그것도 5급 이상의 헌터였다.

물론 5급 헌터가 단독으로 상대할 수 없을 정도의 몬스터가 대부분일 정도로 이곳의 괴물들은 강했다.

그런데 뭔가 이상했다.

유정상이 알고 있던 대규모 몬스터 웨이브는 먼저 던전 폭발로 인해 주변이 완전히 잿더미로 변해버리는 특징이 있었는데, 이곳의 건물에는 폭발의 영향이 보이지 않았다. 그저 누군가가 때려 부순 것처럼 파괴되어 있을 뿐이었다. 마치 던전 폭발은 일어나지 않은 자리에 몬스터들만 엄청나게 나타나서 마구 날뛰는 바람에 만들어진 파괴의 현장처럼 보인다고나 할까.

"뭐지? 일반적인 몬스터 웨이브가 아닌가?"

그렇게 생각하던 중, 콰앙 하며 천둥소리 같은 커다란 폭음이 들려왔다.

유정상이 깜짝 놀라서 돌아보니 언제 군대가 출동했는지 탱크에서 발사된 포탄이 사이클롭스를 때리는 모습이 눈에 들어온다.

"크아아아아!"

포탄에 얻어맞은 사이클롭스가 사나운 비명을 지르더니 탱크 쪽으로 시선을 돌린다.

"저런 미친!"

유정상이 입술을 깨물었다. 무식하게 일을 벌이는 군인들 때문에 설마 했던 상황이 실제로 벌어져 어이가 없었기 때문이었다.

왜냐하면.

"크아아아아!"

포탄의 공격에 화가 난 놈이 소리를 지르며 탱크에 달려들었다.

콰아아앙.

"으아악!"

"살려줘!"

사이클롭스가 탱크를 부수자 겁에 질린 병사들이 총을 쏘며 저항해봤지만 소용없었다.

오히려 그 때문에 더 화가 난 사이클롭스의 공격에 결국 주변에 있던 병사들만 죽어나갔다.

그 때문에 군인들이 비명을 지르며 흩어졌다.

사실 몬스터들이 던전의 영향권을 벗어나지 못하는 것은 아니었다.

마치 사람이 물속에 들어가면 숨을 쉬지 못하지만, 잠시 동안 들어가는 건 문제가 없는 상황과 비슷했다.

대기의 부족한 마나량 때문에 영향권의 밖으로 나오기를 기피할 뿐이었다.

결국 미처 날뛰는 사이클롭스 한 마리에 의해 주변 탱크나 지프차들은 반수 이상이 파괴되고 말았다.

그와 더불어 다른 놈들까지 놈의 행동에 반응하며 영역을 벗어나기 시작했다.

보통 저렇게 한 마리가 먼저 제한된 영역을 벗어나면 다른 몬스터들도 그런 움직임에 영향을 받아 흥분하면서 마나량이 적은 것 따위는 무시하고 움직이게 되는 것이었다.

그리고는 주변이 다시 아비규환이 되어버린다.

유정상의 몸이 그 자리에서 튀어 올랐다.

공중에서 블랙로브를 착용하며 가장 가까이 있는 몬스터를 향해 이동했다.

그리고 강력한 주먹이 그 사이클롭스의 머리를 강타했다.

퍼엉!

퍽!

단지 주먹 한 방에 사이클롭스의 머리가 터져 나갔다.

하지만 유정상은 쓰러진 놈의 모습 따위 확인하지도 않고 바로 몸을 날리더니 다시 영역을 벗어난 다른 놈에게 달려들었다.

이렇게 흥분한 녀석들을 내버려두면 점점 더 난폭하게 변하면서 피해가 확산될 우려가 있었기 때문에 던전의 영향권을 벗어나는 녀석들을 우선적으로 처리해야 했던 것이다.

블랙로브가 엄청난 속도로 움직이면서 여기저기서 번쩍하고 나타났다가 사라졌다.

그리고 동시에 여러 마리의 몬스터들의 머리나 몸통을 파괴시켰다.

그 사이 군부대가 뒤로 물러나기 시작했다.

그들의 무기가 제대로 통하지 않을뿐더러 도발을 하면 놈들이 특정구역을 벗어나며 공격해 오는 상황이었기에, 자초해서 피해를 키울 필요는 없었기 때문이었다.

그런 와중에도 영역을 벗어났던 몬스터들은 유정상의 거침없는 공격에 바닥으로 몸을 처박고 있었다.

"브, 블랙로브가 나타났다!"

먼 곳에서 이곳을 주시하던 누군가의 외침에 대포 같은 망원렌즈가 달린 카메라들의 초점이 그쪽으로 이동한다.

엄청난 사건을 취재하기 위해 찾아든 몇 명의 사진기자들이 주변상황을 촬영하다가 갑자기 출현한 블랙로브를 확인하고는 분주히 움직이기 시작했다.

그러나 블랙로브의 움직임이 너무 빨라 카메라가 제대로 쫓지를 못했다.

먼 상공에서 촬영하던 헬기 카메라도 블랙로브를 확인하고는 줌인 한 채로 추적했지만, 그의 기민한 움직임 때문에 화면에 제대로 담아내지 못하기는 매한가지였다.

그렇다고 영역 안으로 들어가면 전자장비가 마비되어 헬기가 추락할 수도 있었기에 무턱대고 다가갈 수도 없다. 물론 그 던전의 영향권 내에는 비행 몬스터까지 있으니 더더욱 그럴 수는 없는 일이다.

"아, 이런 특종 영상을 제대로 촬영하지 못하다니."

사진기자 한 명이 아쉬움에 소리친다.

그때 블랙로브가 영역 안으로 들어섰다.

그와 동시에 그의 주변에 생겨나는 소환수들.

갑자기 모습을 드러낸 10마리의 커다란 거인 소환수들이 주변에 있던 몬스터들을 마구 때려죽이기 시작했다.

압도적인 무력의 거인들.

그들의 강력한 주먹에 마구 날뛰던 몬스터들이 제대로 견디지도 못하고 박살이 나고 있다.

키가 더 큰 사이클롭스 마저 저들의 주먹 한 방에 무너지고 있었다.

"이, 이게 블랙로브의 힘인가?"

기자 하나가 믿을 수 없다는 표정으로 넋을 놓고 그 모습을 바라보다 이내 정신을 차리고 다시 촬영을 시작했다. 주변의 기자들도 지금의 광경이 주는 압도감에 정신을 차리지 못하기는 매한가지였다.

마테오 3호 던전에서의 일은 너무나 유명해 모르는 이가 없었다.

하지만 이야기로 전해들은 것과 실제로 보는 것은 그야말로 하늘과 땅차이만큼이나 전달되는 충격은 다르다.

겨우 10기의 거인 네피림이 인근 몬스터를 그야말로 작살을 내고 있는 모습에 모두가 압도당하고 있었다.

먼 곳에서 이것을 촬영하던 카메라기자가 화면 너머로 보는 장면만으로도 너무나 박진감이 넘쳐서 손에 땀이 날 정도였다.

지금의 장면은 전국에 실시간으로 생방송되고 있으니 그 야말로 대 특종이라고 할 만했다.

"지금 블랙로브가 현장에 나타났습니다."

마이크를 든 리포터가 그 압도적인 영상을 배경으로 시끄러운 헬기 속에서 소리치는 영상이 전파를 타고 전국에 방송되었다.

길거리의 사람들도 걸음을 멈추고 화면을 바라봤다.

그리고 사람들은 마치 홀린 것처럼 화면에 집중했다.

흔들리는 공중촬영 속 화면으로 보이는 거대한 몬스터들의 싸움.

십여 기의 거인들이 열을 맞춰서 한 방향으로 이동하며 만나는 몬스터를 처리하는 장면은 그야말로 온몸에 소름이 돋을 정도로 압권이었다.

일반 던전도 아닌, 특별한 사람들에게만 허락된다는 7성급의 던전이다.

거기서 나온 몬스터 대부분은 어지간한 헌터들이 모여도 처리하기 힘든, 그야말로 재앙과도 같은 존재였다.

그런 몬스터가 한두 마리가 아닌 다수가 출몰하여 인근 도시를 덮쳤고, 건물들은 폐허가 되며 엄청난 사상자를 만들었다. 가장 가까운 군부대가 먼저 투입되었으며 최고위급 헌터들이 그곳을 향해 이동 중이라는 소식도 있었다.

그러나 방송에서 비춰진 몬스터들의 가공할 위력은 전 국민의 혼란을 더욱 가중시켰다.

이제껏 던전이 현실에 미치는 영향은 그리 크지 않았다. 일반 사람들에게 몬스터란 던전 속에서만 생활하는 괴물쯤으로 간주되었으며, 그것들이 자신들의 실생활과는 하등의 관계도 없을 것이라고 생각하고 있었다.

하지만 그들이 예상치 못했던 상황은 벌어졌고, 이러한 상황에서 그들이 할 수 있는 일이라곤 최소한의 물건만 챙겨서 피난을 떠나는 것이었다.

언론에서는 군인들이 도착했다며 안전하다고 떠들어댔지만, 오히려 그들의 괜한 짓으로 몬스터들이 난동을 부리는 바람에 피해는 걷잡을 수 없을 정도로 확산되는 듯했다.

그런 때에 가장 먼저 현장에 도착한 각성자는 블랙로브였다.

이리저리 날아다니며 몬스터를 정리하더니, 어느새 거대한 소환수들을 불러들여 던전 주위의 몬스터들을 본격적으로 정리하기 시작한 것이었다.

민간인들은 방송을 통해서 그 모습을 본 후에야 뭔가 제대로 돌아가고 있다고 느끼며 안도의 한숨을 쉴 수 있었다.

두두두두두.

잠시 후 던전 인근으로 수십여 대의 헬기들이 모습을 드러냈다.

그리고 던전의 마나에너지가 미치지 않는 거리에서 착륙했다.

많은 수의 각성자들이 헬기에서 내리기 시작했다.

그리고 그들은 자신의 무기를 들고 던전의 마나에너지가 미치는 곳으로 진입했다.

이미 블랙로브가 이끌고 있는 네피림군단이 휩쓸고 지나간 상황이었음에도 아직 많은 수의 몬스터가 남아 있었고 놈들이 진입하는 헌터들에게 달려들기 시작했다.

✜ ✣ ✜

쩝. 쩝.

공지훈은 모처럼 자신만의 시간을 즐기며 식탁에 앉아 있었다.

도시의 근처이기는 하지만 이렇게 자연이 잘 보존되어 있는 숲의 풍경을 즐기며 고기를 씹는 맛이 일품이었다.

별장에 앉아 여유 있게 식사를 하는 공지훈의 기분은 그야말로 최고였다.

식도락.

그에게 최고의 즐거움은 먹는 즐거움.

이렇게 마음에 드는 풍경을 바라보며 최고의 음식을 먹는 건 그 어떤 것과도 바꿀 수 없는 즐거움이었다.

"이젠 다른 건 못 먹겠어."

유정상이 준 냄비로 요리한 던전 몬스터의 요리를 먹으며 공지훈이 중얼거린다.

처음부터 아주 큰 기대를 하고 잡은 놈이지만 블랙 스콜

피온의 요리는 생각 이상으로 맛있다.

마치 랍스터의 요리를 극강으로 끌어올린 듯한 맛.

만약 이런 요리를 세상에 내 놓는다면 난리가 날지도 모른다.

하지만, 애초에 장사 따위엔 관심도 없던 공지훈이 그런 짓을 할리 없었다.

다른 사람과 이 맛을 공유하고 싶은 생각은 전혀 없었던 것이다.

"역시 최고의 맛이다."

공지훈의 입가에 은은한 미소가 떠올랐다.

그런데 그때 휴대폰이 울렸다.

자신만의 시간을 방해받은 탓에 살짝 눈살을 찌푸린 공지훈이 휴대폰을 바라보았다.

그냥 무시하고 싶은데 발신자가 자신의 형 공정훈이었다.

찌푸렸던 인상을 푼 공지훈은 포크로 찍은 하얀 고기를 입으로 넣고 마저 씹었다.

그리고 천천히 휴대폰을 들었다.

"바쁘신 분이 어쩐 일이야?"

-TV 틀어봐.

"갑자기 TV는 왜?"

"일단 봐."

그 말에 시큰둥한 얼굴로 탁자 근처 소파에 놓인 리모컨을 들어 버튼을 눌렀다.

거실에 놓인 거대한 TV가 켜지자 화면에서는 긴급뉴스가 나오고 있고 화면 우측 상단에 생방송이라는 글자도 보인다.

그런데 방송 화면이 안정적이지 않고 상당히 흔들리고 있다.

공지훈이 얼굴에 호기심이 일었다.

높은 상공에서 촬영된 듯한 영상이 확대되어 화면에 나오고 있었는데 뭔가 익숙한 모습이 보였다.

"어?"

─블랙로브야. 지금 그가 생방송으로 나오고 있어.

"지금 무슨 상황이지?"

─나도 정확한건 모르겠는데, 잠시만 비서 바꿔줄게.

─안녕하세요. 이사님. 황 비서입니다.

형의 최측근인 황정아였는데 공지훈의 공식 직함은 제로 그룹의 이사였기에 그렇게 불렀다. 물론 이사로서의 일은 전혀 하지 않고 있었지만 말이다.

"무슨 상황이죠?"

─현재 알려진 바로는…….

황 비서로부터 대충 사정을 전해 들은 공지훈이 자리에서 몸을 일으켰다.

식도락도 좋지만 자신이 해야 할 일이 생긴 것이다.

─지금 곧 그곳으로 헬기가 도착할 예정입니다.

"알겠어요."

그리고는 전화를 끊었다.

전화 반대편에는 황 비서가 별 말도 없이 끊겨 버린 핸드폰을 공정훈에게 돌려주며 걱정스러운 표정으로 말했다.

"너무 위험하지 않을까요?"

신중한 모습으로 소파에 앉아 있던 공정훈은 살짝 인상을 찌푸리고는 고개를 끄덕이며 대답했다.

"위험하겠지."

"그럼 말리셔야 하는 게 아닐 지요?"

"아니, 지훈이 녀석은 어릴 때부터 그렇게 자라왔어. 나보다 아버지를 더 닮은 녀석이야. 자신이 하고자 하는 일은 말려도 소용없어. 그럴 바에야 차라리 도와주는 게 나아."

"알겠습니다. 아. 그리고 이사님이 최근 사귀신다는 분……."

"조사는 안 돼!"

"네?"

"자네가 뭘 생각하는지 알겠지만 그만둬. 지훈이가 알면 대충 넘어가 주지 않을 거야. 물론 그게 아니더라도 내가 허락 못 해."

"아…… 네, 알겠습니다."

황 비서는 선뜻 이해하지 못하겠다는 표정이었지만, 고개를 끄덕이며 그렇게 대답했다. 자신의 판단보다는 보스의 판단을 우선하는 성격인 것이다.

그녀의 표정을 대충 읽은 공정훈이 엷은 미소를 지으며 추가적인 설명을 해 주었다.

"저 녀석이 비밀로 하고 싶어 하는 일은 나도 억지로 캐내고 싶지 않아. 그리고 사실 그게 장기적인 관점으로 봐도 이익이고."

"이익이라시면……?"

"자네도 대충 짐작은 하겠지만 그녀는 지훈이가 친분을 유지하는 것만으로도 그룹에는 막대한 이익이 생길거야. 황금알을 낳는 거위와 같은 존재지. 그러니까 필요도 없는 조사 따위를 해서 긁어 부스럼을 만들 필요는 없어."

그 말에 수긍한 황 비서가 고개를 끄덕였다. 사실 그녀는 다방면에서 우수하지만 이렇게 소소하게 사람을 상대하는 면에서 보면 좀 앞뒤가 꽉 막힌 구석이 있다.

"그룹에 전혀 관심 없던 지훈이가 결국 가장 큰 일을 해낼 것 같군. 뭔가 분한데. 후훗"

분하다고 말하면서도 연신 즐거워하는 공정훈이었다.

✠ ❖ ✠

블랙로브와 네피림들은 어느새 던전 입구에 다다르고 있었다.

그런데 그 와중에도 던전의 입구에서는 계속해서 몬스터들이 바깥으로 튀어나오고 있었다.

"크아아아아!"

콰앙.

"구에에에엑!"

거친 포효를 하며 튀어나오던 외뿔의 외눈박이 거인 사이클롭스가 던전의 밖으로 머리를 들이밀자마자 바로 네피림의 펀치를 맞고 머리가 터져나가며 비명을 질렀다.

다른 사이클롭스들도 던전을 빠져나오다가 한꺼번에 덤벼드는 네피림들의 공격으로 인해 순식간에 전신이 터져나갔다.

그리고 다시 또 다른 몬스터가 튀어나왔지만 네피림들은 던전의 출구를 포위한 채 그것들마저 몽땅 처리해 버렸다.

사실 유정상이 이곳으로 오면서 전 방향을 정리한 게 아니었기 때문에 이미 밖으로 나온 놈들도 상당수 남아 있었다.

하지만 이미 나온 몬스터들을 처리한다고 해서 현 상황을 타개할 수는 없었다. 그저 현상을 유지할 뿐.

던전의 입구를 계속 방치한다면 더욱 많은 몬스터들이 쏟아져 나올 것이고, 몬스터들은 던전 인근뿐만 아니라 전국적으로 흩어지게 될 것이었다.

이는 그가 예상하는 최악의 몬스터 웨이브 시나리오였다.

그런 상황까지 몰리지 않기 위해 유정상은 던전 입구 주변을 정리하기로 결정했고, 소환수들과 던전 앞에 도열해 본격적인 진입을 준비했다.

던전 입구가 파괴된 탓인지 일반적인 게이트와 달리 던전 내부가 보이는 상태였다.

본격적인 돌입에 앞서 내부 상황을 살펴보니 수많은 몬스터들이 유정상이 서 있는 쪽으로 모여드는 모습이 보였다.

"들어가서는 입구를 지켜야 하는 건가?"

암담한 표정으로 그렇게 중얼거렸다.

따지고 보면 바깥쪽에서 지키고 있는 편이 더욱 수월하기는 했지만, 그것은 임시방편일 뿐이었다.

유정상은 한숨을 길게 쉬고 곧이어 던전에 들어섰다.

그런데 던전에 들어서자마자 네피림들이 연기처럼 사라져 버렸다.

"얼레?"

바깥과 던전 내부가 이어져 있을 거라고 생각한 탓에 네피림들이 들어오는데 별 무리 없을 거라고 생각했는데 예상이 빗나갔다.

"쩝. 할 수 없지."

금방 머리를 흔들어 아쉬움을 떨쳐 버렸다.

그런데 던전에 들어서자마자 곧바로 메시지가 떴다.

[미션]

[던전을 봉쇄하고 새로운 던전을 만들어 그것과 교체하라.]

[던전이 차원의 균열로 인한 마족의 침입을 받았습니다. 이미 던전은 통제범위를 넘은 상태. 새로운 던전을 만들어 그곳으로 교체해야만 합니다.]

[미션을 해결하지 못할 시 던전은 완벽하게 제 기능을 잃고 그곳의 모든 생명체가 외부로 유출되며 던전의 에너지도 주변으로 퍼져 나갑니다.]

[미션 실패 시 13레벨의 하락과 함께 50만 골드가 사라집니다.]

[미션수행까지 남은 시간 24시간]

[군주 포인트는 리셋 되어 1170점이 됩니다.]

[미션을 수행할 아이템이 주어집니다.]

인벤토리에 종이 한 장이 놓여 있다.

[게이트 봉쇄결계 주문서]

[게이트 입구를 한시적으로 막을 수 있는 봉쇄결계 주문서이다.]

[24시간동안 작동하며 그 이후로는 기능을 잃는다.]

생각할 틈도 없이 유정상은 곧바로 주문서를 실행시켰다.

그러자 곧 주문서에서 빛이 강하게 퍼져 나가더니 던전의 출구에 빛의 결계가 생겨났다.

원형의 결계가 생겨나고 곧이어 출구가 사라졌다.

그리고 다시 메시지가 떠올랐다.

[두 번째 미션 아이템이 주어집니다.]

그와 동시에 인벤토리에 책이 생성되었다.

[던전 에디터 스킬북]
[새로운 던전을 만들거나 던전의 형태를 변형시킬 수 있다.]

"뭐? 던전을 만들어? 내가?"

황당하다는 생각을 하며 일단 스킬북을 실행시키자 눈앞의 디스플레이 한쪽에 새로운 기능 '던전 에디터'가 추가되었다.

황당함에 잠시 입을 다물지 못하고 있는데 스르륵 하며 주코나 모습을 드러냈고, 백정은 예전과 달리 하늘에서 내려온다.

"여어. 주인."

그렇게 손을 흔들던 주코가 주변을 둘러보며 고개를 갸웃거린다.

"어째 익숙한 느낌이네. 이 던전은."

그리고는 잠시 생각에 잠기는가 싶더니 눈을 크게 뜬다.

"잠깐. 여기도 설마 차원의 틈이 깨진 거냐?"

주코의 말에 유정상이 흠칫 놀랐다.

"그럼. 이곳에 또 몬테크리스토 같은 녀석이 나타났다는 거냐?"

"앤테크리스트! 와 주인 진짜 너무하네. 그 몇 자를 기억 못하냐? 하긴 친구 이름도 제대로 기억 못하니 뭘 바라겠냐?"

"죽기 싫으면 똑바로 대답이나 해라."

"크음. 그 놈의 성질머리는."

"계약 취소……."

"알았어. 알았다고. 거참. 농담도 못하나."

"……."

"에효, 내 팔자야. 앞으로 계속 이렇게 살아야 하나?"

혼자서 구시렁거리는 주코의 말에 다시 유정상이 슬쩍 인상을 쓰며 입을 열려고 하자 서둘러 이야기를 시작했다.

"차원의 틈이라는 게 아무에게나 발견되는 것도 아니고 발견된다고 그냥 뚫을 수 있는 존재가 많은 것도 아니야. 상급마족 정도는 돼야 그게 가능하다고. 뭐 나의 전 주인이 었던 켈레우스는 하급귀족이었지만 나의 버프와 그때 보았 던 그 상급마족의 무기가 있어서 차원의 틈에 작은 구멍을 뚫고 넘어올 수 있었지. 그 때문에 마계의 에너지는 거의 가져오지 못한 거야."

"으흠……."

벌써 오래된 일이라 기억조차 잘 나지 않는 녀석의 이름을 말하자 유정상은 살짝 인상을 찌푸렸다. 그러자 주코가 그 눈치를 보더니 얼른 말을 이었다.

"그런데 지금 던전 분위기는 딱 봐도 전에 앙테크리스트가 나타났던 던전과 같은 에너지로 가득 차 있어. 이게 뭔이야기겠어. 차원의 벽이 깨졌다는 증거 아니겠어?"

"결국 그놈이랑 비슷한 녀석이 등장했다는 뜻이겠군. 그런데 이번엔 던전 입구까지 깨져 버렸다."

주코은 던전의 입구가 깨졌다는 말에도 별로 놀라는 기색이 없었다.

"만약 주인이 없었다면 앙테크리스트도 던전의 입구를 금방 파괴해 버렸을걸? 애초에 차원의 틈을 깨고 침투하려는 목적은 타 차원을 정벌하려는 것이니까."

그 말에 상황의 심각성을 제대로 깨달았다.

"씨발, 차원의 틈이 도대체 몇 개나 더 생긴 거지?"

"모르지. 전 주인 녀석도 그냥 우연히 발견한 거였고 어차피 차원의 틈이라는 게 갑자기 생겨난 데다가 워낙 광범위하게 발생한 거라서."

"쳇."

일단은 출구를 봉쇄했으니 이제는 이것을 만든 녀석을 찾아 족치고 틈을 막아야 한다.

근처엔 방향을 잃은 몬스터들이 우왕좌왕하는 모습이 눈에 들어왔다.

갑자기 출구가 막혔으니 혼돈에 빠진 것이다.

곧바로 던전에 들어서며 사라졌던 네피림들을 다시 소환했다.

그러자 모습을 드러낸 네피림들이 흉성을 터뜨리며 근처의 몬스터들이 때려죽이기 시작했다.

하지만 던전의 몬스터의 숫자가 더 많고 레벨이 높은 놈들도 간혹 섞여 있었던 탓에 압도적인 무력을 자랑하던 네피림들도 생명력이 제법 깎여 나갔다.

그러자 곧 주코가 나서서 녀석들에게 힐링 마법을 걸어 주었다.

그 때문에 곧바로 회복된 네피림들이 다시 주변을 휩쓸기 시작했다.

그것을 구경하던 백정도 지지 않겠다는 듯 하늘에서 낙하하며 몬스터들의 목을 날려 버리거나, 순식간에 땅속으로 파고들어 놈들의 다리를 잘라 냈다.

생긴 건 귀엽게 생겼지만 백정은 그 아름답게 빛나는 빛의 검을 살벌하게 휘둘러 몬스터를 처단함에 있어서 한 치의 망설임이 없었다.

유정상도 가볍게 주먹을 휘둘러 놈들을 제거한 다음에 떨어뜨리는 아이템이나 골드를 거두어들이기 바빴다.

그렇게 주변의 몬스터들이 무더기로 쓰러지는 사이 어느새 주변이 한산해졌다.

"드레이크!"

유정상의 소환에 드레이크가 하늘에서 나타나서 활강하더니 지상의 근처에서 날개를 펼치며 가볍게 착지했다.

곧바로 드레이크를 타고 하늘을 날아오른 유정상이 주변을 살폈다.

커서의 방향을 확인하면서도 주변이 어떤 상황인지를 확인했다.

확실히 몬스터들이 눈에 많이 띄었다.

크기도 적지 않은데다 강하기까지 한 몬스터들이 여기저기에 많이 보인다.

"원래 7성급 던전이 이런 곳인가?"

"나야 모르지."

"그런데 던전을 어떻게 만들라는 거지?"

유정상이 잠시 고민에 빠진 상태로 눈앞에 펼쳐진 디스플레이를 살폈다.

던전 에디터라 적혀있는 삽 모양의 그림을 클릭했다.

[던전을 새롭게 변형시키겠습니까?]

"아니."

[새로운 던전을 만드시겠습니까?]

"그래."

아무래도 변형시키는 것보다는 새롭게 만드는 게 재밌을 것 같았기 때문이다.

[30만 골드를 사용합니다.]

[참고로 변형에 사용되는 금액은 3만 골드입니다.]

"뭐라고?"

순간 당황한 유정상이 입을 떡하고 벌리며 멍하게 있는 사이 골드에 있던 숫자가 빠르게 줄어들었다.

그리고 30만 골드가 증발해 버렸다.

"컥!"

골드는 그냥 게임머니라며 자기체면을 걸고 살아왔지만 이 순간만큼은 머릿속이 타 버리는 기분이었다.

"사, 삼십억."

이럴 줄 알았으면 당연히 변형을 선택했을 테지만 이미 늦어 버렸다.

하지만 아직 남은 골드는 백만 골드 이상이었다.

그동안 연이은 퀘스트 수행과 몬스터 사냥으로 많은 양의 골드를 벌어들일 수 있었다.

그래도 얻는 것에는 무감각해도 잃으면 속이 쓰린 법.

어쨌든 덕분에 던전 에디트가 눈앞에 실행되었다.

[던전 크기를 설정해주세요.]

일단 아는 것이 없었으니 중간크기로 설정했다.

그랬더니 1,000km² 로 설정된다.

이정도면 어지간한 대도시보다 큰 수준이다.

물론 유정상의 지식으로는 그저 크다는 정도만 인식하고 있었다.

"이 넓은 걸 어떻게 다 일일이 지정해? 샘플 없어?"

그러자 곧바로 눈앞에 여러 종류의 그림들이 떠올랐다.

숲, 들판, 도시, 농촌, 섬, 바다 등등.

곧바로 도시를 선택하자 실제 존재하는 도시와 그렇지 않은 도시가 있었다.

"던전 안에 도시라. 좋아."

유정상이 실제 도시 타입으로 고르자 다시 세계 각도시의 모습이 떠오른다.

일단 한국을 선택하고 익숙한 때문에 도시는 서울로 골랐다.

[추가로 설정하실 부분이 있습니까?]

"이대로."

[던전이 완성되었습니다.]
[미션을 완료하시면 던전 체인지가 가능해집니다.]
[자세한 모습은 던전 체인지 후 확인할 수 있습니다.]

던전을 바꾸는 엄청난 일이 뭔가 게임처럼 너무 간단하다는 생각에 조금 어이가 없었지만 생각해보면 30억이나 썼으니 이렇게 빨리 마무리될 수 있게끔 만들어진 것인지도 몰랐다.

물론 샘플을 사용했으니 더 빠르게 진행된 부분도 있고 말이다.

그렇게 간단히 던전 하나를 뚝딱 만들어내고 유정상은 다시 아래쪽을 살폈다.

어쨌거나 기본적으로 던전을 완성했으니 그다음은 미션에 열중하는 것이었다.

그 시간 동안에도 끊임없이 몰려드는 몬스터들 덕분에 네피림의 싸움은 계속 되고 있었다.

대충 커서로 확인하니 네피림들의 레벨도 제법 올랐지만 그보다 생명력이 많이 하락해 있었다.

주코 녀석이 싸움은 나 몰라라 하고 어느새 뒤에서 던전을 만드는 것을 구경하고 있었던 것이다.

유정상이 그 모습을 발견하고 살짝 인상을 쓰자, 주코는 당황한 표정으로 얼른 아래로 내려가 네피림들에게 다시 힐링 마법을 걸어줬다.

살펴보니 백정은 여전히 네피림들과 함께 하며 빛의 쌍검으로 주변의 많은 몬스터들을 조각내며 활약하고 있었다.

빛의 검 수호자로 전직을 해도 성격은 여전히 성실하고

충성스러운 백정이었다.

이어서 유정상이 타고 있던 드레이크도 곧바로 활강하며 아래에 있는 몬스터들에게 화염 브레스를 발사해 불태우기 시작했다.

콰아아아아.

그렇게 주변에 바글거리던 몬스터들을 조금씩 정리해 나가고 있는데 먼 곳에 이상한 기운이 감지됐다.

레벨이 44인 유정상의 감각은 수 킬로미터의 모습도 살필 수 있을 만큼 예민해져 있던 탓에 슬쩍 고개를 돌려 살펴보는 것만으로 풍겨오는 기운의 주인이 인간이라는 사실을 확인했다.

이 와중에 던전에서 살아 있는 인간을 발견할 거라고는 전혀 예상하지 못했지만 확실히 이런 상급 던전에 있었다면 그들 역시 고위급 헌터들일 테니 엄청난 숫자의 몬스터들 사이에서 살아남았다고 해도 그리 이상한 것도 없었다.

유정상은 혹시 도움이 필요하지 않는지 확인하기 위해 드레이크를 타고 인간의 기운이 풍겨오는 곳으로 빠르게 이동해갔다.

그리고 곧 남녀 한 쌍이 몬스터들에 쫓기고 있는 모습을 발견했다.

슈컹!

"끄에에엑!"

쿵!

몬스터에게 쫓기던 두 남녀 중 사내 강진혁이 검을 휘둘러 바로 뒤까지 접근해 온 몬스터 한 마리의 다리를 절단시키고는 다시 도주를 시작했다.

그런데 그때, 앞서서 달리던 여자 박선경이 순간 균형을 잃고 비틀거린다.

이마에서부터 잔뜩 흘러내린 피 때문에 어지러움을 느끼고 있었던 것이다.

그 모습을 확인한 강진혁이 얼른 다가서며 그녀를 부축했다.

"정신 차려!"

"못가겠어. 나 힘들어."

"여기서 징징거리면 어쩌겠다는 거야? 이러면 죽어!"

"이젠 나도 몰라. 더 이상 못하겠어. 어째서 귀환석이 작동하지 않는 거지?"

"이상한 일이 벌어지고 있어."

그 짧은 와중에도 도망을 멈춘 탓에 몬스터들이 두 사람에게 접근해 왔다.

그것을 발견한 강진혁은 박선경을 가까운 바위 근처에

세워놓고 검을 집어 들었다.

"너 혼자라도 도망가."

"……."

이미 삶을 포기한 박선경이 바위에 기댄 채로 힘없이 말했지만 강진혁은 말없이 검을 몬스터들에 겨누고만 있었다. 그러는 사이에 이미 주위는 몬스터들에게 포위되었고 상황이 점점 절망적으로 치닫고 있었다. 여전히 투지를 잃지 않고 있었지만 강진혁도 이미 지칠 대로 지쳐있는 데다가 온몸은 상처투성이였다.

게다가 주위를 살펴보니 주위를 포위한 몬스터는 사이클롭스 세 마리뿐만 아니라 3미터급 설인 모양의 사스콰치 10마리까지 있는 상황이었다.

이정도면 몸이 멀쩡했다 해도 쉽지 않은 싸움이라는 걸 생각하면 지금은 절망적이라고 밖에 할 수 없는 상황이었다.

평소에 안하무인에 자존심만 쎈 박선경조차도 이 절망적인 상황에 할 말을 잃고 있었다.

자신의 무모한 행동 때문에 벌어진 일이었지만 강진혁은 전혀 그녀를 탓하지 않았다.

오히려 죽음의 위기에서 구해내고 이렇게 궁지에 몰린 것이다.

"미안해."

"그런 말 하지 마. 너에겐 어울리지 않아."

강진혁의 말에 박선경이 피식 웃었다.

"그런가?"

그런데 그때였다.

콰아아아아아.

하늘에서 엄청난 열기의 화염이 사스콰치 무리에 쏟아졌다.

"크와아아아아!"

사스콰치 몇 마리가 불에 휩싸이며 비명을 질렀다.

순간 당황한 두 사람이 머리를 치켜들었다.

갑자기 하늘에서 나타난 거대한 드레이크의 모습에 입을 크게 벌렸다.

드레이크가 강한 놈이라고는 해도 화염 브레스가 이렇게 강할 수는 없었다. 거기다 브레스 한 방에 이곳 7성급 던전의 몬스터가 쉽게 당할 리 없다.

그런데도 한순간 몇 마리의 사스콰치가 불에 타 쓰러졌다.

그런데 잠시 후 사이클롭스들의 머리가 터져나가기 시작했고, 남은 사스콰치들마저 곤죽이 되어 쓰러졌다.

무슨 상황인지 제대로 파악하지도 못했는데 순식간에 근처에 있던 몬스터 전부가 쓰러진 것이었다.

그리고 곧 검은 물체가 그들의 근처에 모습을 드러냈다.

검은 물체의 정체는 사람이었다. 근처에 사람이 있다는 사실을 인식하지 못했던 두 사람은 당황한 모습이 역력했다.

그런데 그 모습이 눈에 익었다.

그 때문에 강진혁의 입에서 헛바람 세는 듯한 음성이 흘러나왔다.

"브, 블랙로브?"

"뭐?"

박선경이 강진혁의 말에 깜짝 놀랐다.

몇 차례 듣기는 했지만, 그에게 별로 관심이 없었기 때문에 외모는 알지 못했던 것이다.

그런데 그가 두 사람을 바라본다.

서늘한 느낌의 시선.

압도적인 기세.

들었던 이야기와 전혀 다르다는 사실에 박선경이 입을 벌리며 그대로 얼어붙어 버렸다.

블랙로브가 서늘한 음성으로 물었다.

"여기서 무슨 일이 벌어진 거지?"

그 말에 흠칫 하던 두 사람.

그리고 곧 강진혁이 입을 열었다.

"악마가 나타났습니다."

평소의 강진혁이라면 어지간한 상대에겐 높임말을 쓰지 않았을 것이다. 하지만 앞도적인 기세에 자신도 모르게 그렇게 말한 것이다.

모르긴 해도 블랙로브는 자신 같은 4급 헌터 따위가 아니라는 걸 단숨에 이해한 것이다.

하지만 그런 사실 따위엔 관심 없던 블랙로브가 강진혁의 말에 반응했다.

"악마?"

"우리도 정확한 정체는 모릅니다."

강진혁이 자신들에게 있었던 일들을 간략히 설명했다.

갑자기 번개와 함께 모습을 드러낸 검은 연기의 악마.

두 남녀는 변형 몬스터의 일종이라고 판단하고 공격했지만 전혀 공격이 먹히지 않았고, 오히려 놈이 불러낸 몬스터들과 처절하게 싸우다 궁지에 몰려 이렇게 도망치고 있었다는 것까지.

그리고 나머지 헌터들은 몬스터들에 의해 모두 전멸해 버렸다는 이야기도 했다.

그의 설명이 끝나자, 여자가 믿을 수 없다는 듯 놀라움이 가득한 음성으로 물어본다.

"당신, 정말 블랙로브?"

그녀의 질문에 블랙로브가 잠깐 박선경에게 시선을 돌렸다.

하지만 그녀의 질문을 무시하며 다시 몸을 돌렸다.

그리고는 곧 입을 열었다.

"던전의 문이 깨져서 몬스터들이 바깥세상으로 쏟아져 나오고 있다."

"네?"

"어떻게 그런……."

던전의 문이 깨졌다는 이야기는 두 사람도 이제껏 들어 본 적이 없었다.

"지금은 내가 던전의 문을 임시로 막아둔 상황이니 한동 안은 나가지 못한다."

"……."

"……."

'인간이 무슨 능력으로 던전의 문을 막을 수 있는가'라는 것은 지금 눈앞에 있는 블랙로브를 보면 아무런 문제도 되 지 않을 것 같았기에 그 말에 조금의 의심도 하지 않았다.

하지만 지칠 대로 지친 그들에게 던전을 빠져나갈 수 없 다는 블랙로브의 말은 너무도 절망적인 이야기였기에 순간 둘의 표정이 어두워졌다.

그런데 곧 두 사람의 몸에 활력이 차올랐다.

마치 최고급 포션 몇 개를 한꺼번에 마신 듯한 느낌에 두 사람의 눈이 휘둥그레졌다.

"그 정도면 너희들 몸 정도는 지킬 수 있을 테지."

그렇게 말한 블랙로브는 몸을 돌렸다. 그리고 뒤에 대기 중이던 드레이크에 올라타고는 다시 하늘로 날아올랐다.

그 모습을 놀란 얼굴로 바라보던 박선경이 얼빠진 음성 으로 입을 열었다.

"저 사람, 힐링 능력도 있는 거야?"

"그럴지도."

"어떻게……?"

힐링 능력이라면 3급 이상의 헌터, 그중에서도 굉장히 희귀한 존재들이었다.

전 세계적으로 힐러는 그 수가 몇 되지 않았고, 매우 귀한 대접을 받았다.

게다가 그들 중에 힐링과 함께 추가 능력을 가졌다고 알려진 존재는 미국에 한 명, 그리고 러시아에 한 명 이렇게 딱 두 명이었다.

그런데 블랙로브의 능력은 세간에 알려진 소문만 해도 서너 개는 가볍게 넘었다.

하지만 그가 힐링 능력이 있다는 이야기는 들어본 적이 없었다.

물론 안전지대라는 변형된 힐링 기술이 있기는 했지만 말이다.

✛ ✦ ✛

"역시 균열을 깨고 나온 녀석이 있었군. 혹시 생각나는 녀석은 없어?"

주코가 마계출신이기는 해도 두 사람에게서 들은 이야기만으로는 힌트가 될 만한 것이 별로 없었기에 유정상은 별다른 기대감 없이 물었다.

그런데 그런 예상과 달린 주코는 뭔가 떠오른 표정이었다.

"번개 이야기를 들으니까 생각났는데 아마도 림몬일 가능성이 크다."

"림몬?"

"그래."

"얼마 전에 붙었던 놈이랑 비교하면 어떻지?"

"앙테크리스트와 비교할 정도는 아니지! 하지만, 림몬 녀석도 꽤나 서열도 높고 강하다."

그 말에 유정상이 금방 관심을 끊었다. 앙테크리스트와 비교할 정도가 아니라면 지금 유정상에게 위험할 일은 없다는 의미였기 때문이다.

"그럼 됐어."

"되긴 뭐가 돼?"

"그놈보다 약하다며. 그럼 어떻게든 되겠지."

"애초에 앙테크리스트는 본신의 힘을 제대로 발휘하지도 못하는 상태였잖아."

"큭큭큭."

"왜 웃어?"

유정상이 음침하게 웃자 주코가 고개를 갸웃거렸다.

음침한 거야 블랙로브를 쓰고 있을 때의 목소리니까 별로 신경 쓰지 않았지만 웃어야 할 타이밍이 아니라 생각했으니 이상할 수밖에 없었다.

"미션에 놈의 이름도 없었고, 어떻게 하라는 이야기도 없었지?"

"그래서?"

"애초에 놈이 강하다면 미션에 포함되었을 거 아니야."

"아!"

"고로 그리 강한 놈은 아니고 이번 미션은 그냥 보너스 스테이지라는 거지."

"오호."

"이럴 땐 그냥 가벼운 마음으로 즐기면 되는 거야."

유정상이 미소 띤 표정으로 주코를 가르치고 있는 바로 그때였다.

[추가 미션]

[마계의 귀족 림몬을 처단하라.]

"씨발!"

"헐. 말이 씨가 된 것 같다. 주인."

[자신의 직위에 만족하지 않는 림몬이 던전을 통해 세상에 자신의 세력을 뻗치려 하고 있습니다.]

[미션 실패 시 15레벨의 하락과 함께 80만 골드가 사라진다.]

[미션수행까지 남은 시간 2시간.]

결국 미션을 받고 말았다.

유정상은 자신의 주둥이를 저주하고 있었다.

어쩌면 림몬을 처단하는 것은 미션으로 주어지지 않을 상황이었는데 자신의 자만심 때문에 갑자기 생겨난 것은 아닐까 싶은 생각을 한 것이다.

물론 그보다는 림몬이라는 이름을 주코로부터 들었기에 숨겨진 미션이 발생했을 수도 있지만 꼭 그렇다고 자신할 수도 없는 일이었다.

그런데 주코의 생각도 유정상과 비슷한 생각을 했는지 툴툴거린다.

"이거 봐. 역시 자만심이 문제야."

뜨끔.

"크음."

헛기침을 한 번 하고는 곧바로 커서가 가리키는 방향을 향해 날아갔다.

미션 시간도 2시간밖에 주어지지 않았으니 빨리 놈을 만나는 것이 급선무다.

주코는 어쩐지 오랜만에 승리를 한 사람처럼 즐거운 표정이었지만 그냥 무시해 버렸다.

그렇게 곧 몬스터가 잔뜩 모여 있는 장소에 도착했다.

넓은 들판 위에 커다란 몬스터들이 모여 있는 게 보였다.

들개와 사자를 뒤섞은 듯한 몬스터가 100여 마리, 거인인 사이클롭스 10여 마리, 전갈의 꼬리를 달고 있는 몬스터도 50마리 정도나 된다.

그 뒤에 검의 연기에 쌓인 거대한 그림자가 보였다.

"저놈이다. 주인."

앙테크리스트를 만났을 땐 얼어붙었던 주코가 이번엔 제법 큰소리로 당당히 소리쳤다.

예상처럼 놈이 약하거나 아니면 그동안 주코가 성장을 통해 강해진 덕분일 것이다.

어느 쪽이 되었건 그리 나쁘지 않은 상황이었다.

잠시 적의 모습을 바라보고 있는데 곧 유정상을 쫓아온 네피림들이 모습을 드러냈다.

네피림들이 전력으로 달리면 드레이크를 타고 날아가는 속도에 별로 뒤처지지 않는 수준이었다.

곧바로 유정상은 모든 군주 포인트를 사용해 나머지 소환수들을 불러들였다.

네피림을 포함해 170여 기의 소환수들이 놈들의 근처에 나타났다.

그 엄청난 군세에 검은 그림자의 녀석이 반응을 보였다.

놈의 주위에 몰려 있던 몬스터들까지 다급하게 진형을 움직이는 것으로 봐선 전혀 예상치 못한 등장에 당황한 것처럼 보였다.

놈이 검은 연기에 휩싸인 손을 앞으로 뻗으며 뭐라 소리치자 곧바로 몬스터들이 소환수들을 향해 덤벼들었다.

콰앙.

"크워어!"

몬스터들이 서로 뒤엉키며 싸우기 시작했다.

네피림들은 비슷한 크기의 사이클롭스들과 싸움을 시작했고, 다른 녀석들은 나머지 놈들과 붙었다.

몬스터들의 싸움이라 그런지 더 피 튀기며 처절해 보였다.

그러나 유정상의 소환수들의 레벨이 월등히 높았기에 쓰러지는 녀석들의 대부분은 림몬의 부하들이었다.

주술사형 드루이드들은 사이사이 체력이 떨어지는 녀석들에게 힐링을 걸어주는 한편 놈들의 머리 위에 구형의 전기 구슬을 만들어 스파크로 데미지를 주는 새로운 공격 마법을 구사했다.

꽤나 재미있는 광경이기는 했지만 림몬이라는 녀석이 유정상을 계속 주시하고 있으니 한눈만 팔고 있을 수는 없는 상황이었다.

곧바로 유정상이 드레이크에서 뛰어내렸다.

예전이라면 이렇게 높은 곳에서 뛰어내리는 건 자살행위나 다름없었겠지만 지금은 포타의 스킬을 익힌 덕분에 허공을 가볍게 밟고 움직이며 바닥에 착지했다.

그리고 곧 녀석을 향해 걸어갔다.

검은 연기의 놈이 뭐라고 알아들을 수 없는 말을 지껄였지만 유정상은 별로 관심이 없었다.

그런데 주코가 가까이 다가오더니 놈의 음침한 목소리를 흉내 내며 말했다.

"낄낄. 가소로운 인간 주제에……."

"됐어. 통역 하지 마. 관심 없으니까."

"크음. 하긴, 내가 생각해도 통역하는 쪽이 오그라드는 기분이긴 하다."

주코가 피식 웃더니 놈을 향해 큰소리로 뭐라고 지껄이기 시작했다.

그러자 놈의 시선이 유정상에서 주코쪽으로 이동한다.

그리고 특유의 여유롭던 분위기도 확 사라져 버렸다.

놈의 분위기가 달라진 것을 눈치 챈 유정상이 주코에게 물었다.

"뭐랬는데?"

"아, 그냥 뭐 주둥이 그만 털라고. 듣는 내가 손발 오그라든다는…… 뭐 그런 말."

주코 특유의 건들거리는 화법에 화가 치밀었을 것이다.

"내가 저런 놈들 밑에서 노예취급 받았다고 생각하니까 아우, 열 뻗쳐서."

어쩐지 주코의 억울한 심정을 알 것 같은 기분이라 유정상이 피식 웃고 말았다.

오랜 시간 동안 노예 같은 생활을 해왔던 주코가 유정상의 소환수가 되어 구박을 받으면서도 차근차근 레벨을 올렸다. 그리고 지금은 제법 높은 수준까지 올랐으니 그동안 쌓였던 게 분출되는 것도 이해 못할 일은 아니었다. 이럴 때는 적절한 위로가 좋은 소환수로 만드는 효과를 내기도 할 것이다.

"너……. 레벨이 나보다 높아지면 아예 잡아먹으려고 하겠네?"

"그, 그건 아니지."

"두고 보면 알겠지."

꿀꺽.

유정상의 협박에 다시 마른침을 삼키는 주코.

위로를 좀 해주려고 생각했는데도 입을 열면 좋은 소리는 나오지 않았다.

'이 블랙로브 원 주인 놈은 도대체 어떤 놈이었을까? 아마도 정상적인 놈은 아니었겠지.'

갑자기 쓸데없는 것이 궁금해지는 유정상이이었다.

그런데 그때, 림몬이 뭐라고 소리치니 하늘에서 번쩍하며 주코의 머리위로 벼락이 떨어졌다.

그와 동시에 주코의 머리 위에서 폭발이 일어났다.

퍼엉.

주코는 그 짧은 순간에 자신의 머리 위로 방어막을 만들어서 그것을 막아 버렸다.

하지만 정작 주코는 방금 자신이 놈의 벼락공격을 막아냈다는 사실을 믿지 못하겠다는 듯 얼떨떨해 했다.

사실 유정상도 놀라기는 마찬가지였다.

본능은 주코가 놈의 공격을 충분히 막아낼 수 있다고 생각하고 있었지만, 실제로 그런 광경을 보니 주코가 확실히 강해졌다는 걸 실감할 수 있었다.

"캬하하하하하. 봤느냐 내 실력을. 나를 주코님이라 불러……"

"그만하지? 손발 오그라든다."

"크으음."

헛기침을 한 번 한 주코.

그런데 생각보다 림몬의 놀람이 컸는지 찡그린 표정으로 다시 크게 소리를 지른다.

림몬이 뭐라고 시끄럽게 떠들자 그 말에 낄낄거리며 되받아치는 주코.

뭔가 소외된 기분이 드는 유정상이었지만 이런 기분도 나쁘지만은 않다. 자신의 소환수가 그만큼 강해졌다는 반증이기도 했으니.

그런데 갑자기 화가 잔뜩 난 림몬이 다시 번개 마법을 사용했다.

번쩍- 퍼엉.

하지만 다시 가볍게 막아내는 주코.

다시 두 놈의 말싸움이 시작되었다.

유정상은 그냥 방관자의 입장이 되어 허리에 팔을 턱하니 올리고는 이어지는 두 놈의 말싸움을 지켜보고만 있었다.

다시 번쩍이는 벼락을 막아내는 주코.

이젠 놈의 공격을 막아내는 행동이 아주 자연스러웠다.

그러나 여전히 여유가 있으면서도 방어만 하고 있는 주코를 보며 고개를 갸웃거린 유정상이 물었다.

"왜 반격을 안 해?"

"먼저 놈의 실체를 감추는 검은 연기를 걷어내야 하잖아. 이 상태로는 공격이 안 먹혀."

그렇긴 하지만 진실의 부적은 어느 샌가 소멸해 버려 더이상 사용 할 수가 없었다.

주코 녀석이 입으로는 자신의 실력이 올라갔다고 자랑하면서도 저 상태의 적을 공격할 수단은 하나도 없는 모양이었다.

그때 유정상의 곁에 있던 백정이 자그마한 날개를 퍼덕이며 하늘로 날아올랐다.

"삐이이이!"

조그마한 백정이 하늘로 날아오르는 모습을 유정상이 의아하다는 듯 바라본다.

"저 자식 또 무슨 짓을 할 생각이야?"

주코가 낮은 음성으로 투덜거리며 혼자서 돌진하는 백정을 바라보았다. 자신이 한참 멋지게 보이고 있었는데 백정이 끼어드는 게 기분이 나쁜 모양이었다.

곧이어 백정이 림몬을 향해 빠른 속도로 활강을 시작했다.

자그마한 날개가 뒤로 젖혀지며 빠르게 움직인다.

림몬이 가소롭다는 듯 손을 휘젓자 다시 하늘에서 번개가 떨어졌다.

번쩍.

하지만 더욱 빠른 속도를 내면서도 아래로 내리꽂히는 공격을 어렵지 않게 피해낸 백정.

그리고는 전신을 회전시키며 림몬에게 빠르게 접근했다.

놈이 이번엔 스파크가 일어나는 손을 이용해 백정에게 휘둘렀다.

마치 뇌전의 검을 쓰는 것처럼 손 주위에 생겨나는 번개로 가까이 접근하는 적을 공격하는 것이었다.

그러나 백정은 다시 조금 더 빨라져서는 순간 하얀색 빛의 선이 되더니 그 공격마저도 아슬아슬하게 피해 내며 놈의 몸에 빛의 쌍검을 휘둘렀다.

슥삭. 슥삭.

빛의 검에 공격당하자 놈은 깜짝 놀라서 비명을 질렀고 동시에 번쩍하더니 전신에 강력한 번개의 보호막이 생겨났다. 결국 전 방향으로 터지는 그 힘에 의해 백정이 튕겨져 나갔다.

"삐이이이이!"

그 모습을 본 유정상이 빠르게 커서를 이동시켜 허공을 나르는 백정을 붙잡았다.

그리고 빠르게 자신에게로 가져와서는 살펴보았다.

생명력은 별로 줄지 않았지만 충격이 적지 않았던 모양인지 백정이 머리를 흔들고 있다.

곧 유정상이 주코 쪽으로 시선을 돌렸다.

"실체가 없다며? 근데 백정이 어떻게 공격할 수 있는 거냐?"

"……?"

"뭔가 할 말 없냐?"

그 질문에 주코가 진땀을 흘리며 머뭇거렸다. 유정상은 별로 혼내 키려고 물어보는 것도 아니고 그냥 상황을 물어보는 것이었는데 괜히 지레 겁을 먹은 주코는 너무 분위기를 탔다고 후회했다. 그때 백정이 끼어들면서 말했다.

"삐이이이. 삐삐. 삐이이이삐삐."

"뭐?"

백정의 말에 깜짝 놀라는 주코. 그 반응에 유정상이 궁금한 표정으로 물었다.

"백정이 뭐라는 거야?"

"지금은 가능하다는데?"

"뭐가?"

"빛의 검에 닿은 이상 실체가 드러날 거래."

"뭐?"

유정상이 놀라며 림몬 쪽으로 시선을 돌리자 놈의 몸에서 검은 안개가 걷히기 시작했다.

마치 진실의 부적을 사용했을 때와 비슷한 현상이었다.

검은 연기가 걷히자 4미터 가량의 키에 디룩디룩 살이 찐 대머리의 인간형 괴물이 나타났다. 전신은 붉은 빛이었고 팔은 가제처럼 집게발 형태다.

유정상은 놈의 외모가 더럽게 못생겼다는 생각을 하고는 시선을 백정에게 돌렸다. 그리고 다시 주코를 바라보며 혀를 찼다.

"쯧, 역시 주둥이만 살아 있는 누구와는 다르네."

"쳇."

유정상의 빈정거림에 혀를 찬 주코가 이를 악물더니 곧이어 놈 쪽으로 날아갔다. 선제공격이라니…… 겁쟁이 녀석 치고는 장족의 발전을 했다.

백정도 삐이- 소리를 내며 주코를 따라 나섰다.

유정상은 모처럼 구경하는 입장에서 팔짱을 낀 채로 바라보고만 있었다.

두 녀석이 림몬에게 달려들었다.

림몬은 자신의 모습을 드러내자마자 분노를 토하며 커다란 원형도를 스파크와 함께 만들어 내더니 그것을 두 녀석에게 마구 휘둘렀다.

파지직. 파지직.

검을 사방으로 휘두르니 주변에 번개가 몰아친다.

콰가가강.

유정상의 근처에도 번개가 떨어졌지만, 그는 신경 쓰지 않는다는 듯 팔짱을 풀지 않은 채 관망하고만 있었다. 그러다 간혹 유정상을 향해 정확하게 날아드는 번개가 있을 때면 팔을 휘두르지도 않고 기파를 이용해 튕겨 버렸다.

그 와중에 백정은 특기를 살려 땅속으로 파고들더니 놈의 다리 쪽을 베어 들어갔는데 기습적인 공격에 놈이 놀라 펄쩍 뛰었다.

그사이 주코는 녀석의 방어력을 떨어뜨리고 백정의 공격력을 올려주었기에 림몬은 첫 공격보다 더 큰 데미지를 입었다.

놈이 사방으로 피를 튀기며 발광하기 시작했다.

설마하니 상급 마족인 자신이 이런 조무래기 녀석들에게 당할 거라고는 상상도 못했기 때문이다.

"잘 싸우네."

두 녀석이 싸우는 모습을 보고 있으니 새삼 자신만 레벨업을 한 것이 아니라는 걸 실감했다.

싸움에 끼지 않고 여유가 있다 보니 유정상은 다시 주변으로 시선을 돌렸다.

소환수들과 던전 몬스터들의 대규모 전투는 어느 정도 마무리가 되어가고 있었다.

170여 기의 소환수들은 겨우 몇 마리 정도의 피해만 입은 채 상대 몬스터들을 몰살시켰다.

그것이 끝이 아닌지 전장의 뒤쪽에선 다시 새로운 몬스터들이 몰려들었다.

그러나 언뜻 살펴봐도 앞서 붙었던 놈들에 비해 약해보이는 놈들이 대부분으로 보였다.

역시 유정상의 예상대로 새롭게 나타난 녀석들은 소환수

들과 충돌하자마자 순식간에 나가떨어지기 바빴다.

이쯤 되면 전투라기보다는 학살에 가까운 상황이었다.

더 이상 볼 것 없다는 생각에 다시 시선을 돌리니 이쪽은 한참 박빙의 승부가 펼쳐지고 있었다.

처음엔 주코와 백정 두 녀석을 얕보던 림몬이 예상보다 큰 타격을 입고 마음을 바꾼 것이다.

그리고 자신의 모든 스킬을 총동원해서 백정과 주코에게 공격을 해 나갔다.

땅속에 있던 백정도 번개 드릴이라는 새로운 공격에 더 이상 땅속에서 버티지 못하고 밖으로 튀어나왔다.

드릴 형태로 회전하며 땅 속으로 내리 꽂히는 공격이 작렬하자 림몬이 서 있는 대지 전체가 뇌전으로 번쩍이고 있었다.

그 와중에도 놈은 주코에게도 쉬지 않고 공격을 퍼붓고 있었는데 주코는 그 공격을 방어하기에 급급했는지, 반격은 고사하고 백정의 버프마법도 계속 시전하기가 힘들어했다.

어느새 림몬은 몸의 상처를 다 치유했는지 멀쩡해 보인다.

"회복 마법인가?"

놈의 특징에 대해 아는바가 없으니 그저 관찰만 할 뿐이었다.

그런데 그때 백정의 몸에 강렬한 뇌전이 박히는 모습이 보였다.

파지직!

"삐이이이이!"

백정이 비명을 지르며 나가떨어지자 커서로 붙잡았다. 그리고 상태를 확인하니 1/3정도의 생명력이 빠져 나가 있었다.

곧이어 클린볼과 함께 중급의 생명력 포션을 백정의 몸에 떨어뜨리자 곧바로 쌩쌩해졌다.

돌아보니 주코는 혼자서 림몬의 공격을 막아내며 버티고 있었지만 금방 무너질 듯 위태위태해 보였다.

그 상태에서 나가떨어졌던 백정이 다시 싸움에 끼어들자 승부는 다시 박빙으로 돌아갔다.

놈도 서서히 지쳐 가는지 표정이 피곤에 물들어 있었다.

그리고는 살짝 물러서더니 뭐라 지껄인다.

갑자기 바뀌는 분위기에 유정상이 신중한 표정으로 살펴보는데 녀석의 말을 듣던 주코가 당황한 표정으로 소리쳤다.

"저 자식 지금 도망……."

푸슉.

눈 깜짝할 사이에 황금색으로 빛나는 검이 림몬의 머리를 뚫고 지나갔다.

"어?"

주코가 황당하다는 표정으로 쓰러지는 림몬을 바라보고 있었다.

쿠웅.

놈의 몸이 힘없이 바닥에 뒹굴었다.

[미션완료.]

['마계의 귀족 림몬을 처단하라'를 완료했습니다.]

[던전을 통해 타 차원을 침략하려던 림몬의 야심이 봉쇄되었습니다.]

[보상으로 폭격펀치 스킬북과 30만 골드가 주어집니다.]

[레벨이 올랐습니다.]

[현재 45레벨이 되었습니다.]

"폭격펀치 스킬북?"

곧바로 스킬북을 실행했다.

[이네크의 궁극 스킬인 폭격펀치를 익히셨습니다.]

뭔지는 모르지만 펀치 공격 스킬이 추가된 모양이었다.

그런데 스킬북을 실행하고 곧이어 다시 메시지가 떠오른다.

[던전 에디트가 발동합니다.]

메시지가 끝나자 던전이 흔들리기 시작했다.

그리고는 던전의 모양이 사라진다.

마치 사막처럼 아무것도 없는 형태로 변해 버리자 그 엄청난 변화에 유정상이 놀랐다.

그런데 근처에 있던 소환수들과 몬스터들이 연기처럼 사라져 버렸다.

드레이크도 공중에서 분해되듯 사라졌다.

곁에 있던 주코나 백정도 놀란 표정으로 두리번거리다 곧 모습이 사라져 버렸다.

[던전이 초기화 됩니다.]

[기존 던전이 사라지며 새로운 던전이 생성됩니다.]

메시지와 동시에 바닥에서 건물들이 자동으로 건설되며 올라가기 시작했다.

그 주변에 도로가 만들어진다.

빠른 속도로 도시가 구축되며 유정상의 의지와는 상관없이 그의 몸이 공중으로 떠올랐다.

공중에서 도시의 모습을 내려다보니 마치 카메라를 고속으로 플레이 시킨 것처럼 도시가 완성되어 갔다.

한꺼번에 도시가 고속으로 만들어지는 모습을 보고 있으니 현실감이 떨어져 멍한 기분이 들었다.

그리고 어느새 도시가 완성되자 유정상의 몸이 서서히 땅으로 낙하했다.

착.

바닥에 내려선 유정상이 여전히 멍한 얼굴로 주변을 살폈다.

사람이 없다는 것을 제외하고는 자신이 알고 있던 서울의 모습과 다를 것이 없었다.

자동차들이 주변에 잔뜩 깔려 있었지만 사람은 한 명도 보이지 않는다.

이곳은 던전이니 당연한 일이었지만 뭔가 모르게 황량한 기분이었다.

그러나 겉모습만큼은 완전 진짜였다.

"진짜 서울 같은데?"

유정상이 놀란 얼굴로 거리를 돌아본다.

편의점, 술집, 식당, PC방에 커피숍까지 있는 완벽한 도시였다.

가까운 편의점 안으로 들어서니 물건들도 진열되어 있었으며 놀랍게도 진열된 음식들은 진짜 먹을 수 있는 것들이었다.

그야말로 완벽하게 서울을 복제한 곳이었다.

유정상이 이곳저곳을 둘러보는 사이 갑자기 그의 곁에 주코와 백정이 모습을 드러냈다.

"엇! 여기가 도대체 어디냐?"

주코가 놀란 표정으로 주변을 두리번거리다 유정상에게 물었다.

"서울 모양의 던전."

"서울?"

"그래. 바깥에 있는 인간의 도시 중 하나지."

"히야. 인간의 도시가 이렇게 생겼군."

호기심 어린 얼굴로 둘러본다.

그러고 보니 던전을 나갈 수 없었던 주코로서는 인간의 도시를 보는 건 처음일 것이다.

백정도 주코와 만찬가지로 이리저리 뛰어다니며 구경한다.

그런데 그때 주변에서 우당탕 하며 차량이 부서지는 소리라든가 유리창 깨어지는 소리 따위가 들려오기 시작했다.

던전이 작동하기 시작하자 사라졌던 몬스터들이 모습을 드러내기 시작한 탓이다.

[던전 에디터 사용자의 레벨이 낮아 던전의 레벨이 하향 조정됩니다.]

"이건 또 무슨 뚱딴지같은 소리야?"

두다다다다

헬기 한 대가 던전 인근 현장에 날아오고 있었다.

일반 헬기에 비해 날렵하면서도 고급스러운 형태의 헬기가 인근 공터에 내려서자 곧이어 누군가가 문을 열고 나온다.

그는 바로 공지훈이었다.

공지훈이 헬기 앞쪽으로 걸어가서 조종사에게 수고했다는 손짓을 하자 그가 행운을 빈다는 듯 엄지를 척 내밀더니 곧이어 하늘로 떠올랐다.

헬기가 떠난 뒤 공터에 홀로 남은 공지훈이 빠르게 던전 에너지의 영역으로 뛰어들었다.

확실히 영역 안으로 들어서자마자 강렬한 마나의 기운이 몸으로 느껴졌다.

마나의 회복속도가 던전 내부와 비슷하다는 걸 느끼자 공지훈은 곧바로 돌거인을 소환했다.

파앗.

밝은 빛과 함께 어두운 빛의 돌거인이 소환되었다.

전에는 깨닫지 못했지만 레벨이 올라 마나의 힘을 더욱 선명하게 느끼게 되면서, 전신에 흐르는 에너지와 마나의 양이 이전과는 다르다는 것을 쉽게 알 수 있었다.

뜻하지 않게 다시 유정상에게 도움을 받았으니 이번만큼은 제대로 돕겠다는 생각에 생방송을 보자마자 형이 보내준 헬기를 타고 급하게 날아왔다.

그런데 주변은 어느 정도 정리가 된 것인지 방송에서 볼 때보다는 몬스터의 수가 생각보다 많지 않았다.

던전 입구가 있는 방향 쪽을 바라보니 몬스터와 얽혀 싸우고 있는 사람들이 보인다.

그것을 확인한 공지훈이 빠르게 몸을 날렸다.

근처에 도달하니 많은 수의 헌터들과 몇 마리의 몬스터들이 피터지게 싸우는 모습이 눈에 들어왔다.

"크아아아아!"

"씨발!"

"크아악!"

6급 이상의 헌터들이 대량 투입되었지만 몬스터의 수준이 생각 이상으로 높아 피해가 극심했다. 물론 연합에서 이사실을 모르지는 않았지만 문제는 시간이 너무 없었다는 사실이었다.

그래서 부랴부랴 급하게나마 헌터들을 끌어 모았지만, 애초에 5급 이상의 헌터가 많지 않을뿐더러 비상 시 연락 체계가 갖춰지지 않은 상태였기에 이들을 빠른 시간 내에 모으기가 어려웠던 것이다.

그나마도 블랙로브가 나타나 다수의 몬스터를 처리해준 덕에 피해 규모는 예상보다 훨씬 작았다.

하지만 몬스터가 얼마 남지 않았다 하더라도 7성급 던전답게 그 강함은 만만히 볼 수 없었다.

"으악!"

그 순간에도 6급 헌터 한 명이 전갈형태의 몬스터 집게에 의해 몸이 동강나고 있었다.

헌터들의 숫자가 수백이었고 몬스터는 10마리 정도였지만 마치 커다란 코끼리에게 덤벼든 토끼들처럼 무모해 보일 정도의 싸움이었다.

물론 수백의 헌터들 사이에 몇 명의 5급 헌터들이 포함되어 활약을 하고 있었지만 그래도 역부족이었다.

그때 공지훈의 돌거인이 그들 사이에 뛰어들었다.

쿠웅.

4미터 정도의 돌거인은 거대 몬스터들에 비해서는 외소해 보였지만 특유의 기세가 그것을 압도하고 있었다.

콰앙.

콰직.

돌거인의 강철주먹이 전갈 몬스터의 머리를 박살내 버렸다.

너무도 쉽게 박살이 나 버리자 공지훈이 도리어 당황하고 말았다.

유정상으로 인해 강해졌다는 건 인식하고 있었지만 이렇게 천지개벽할 정도로 파워가 올라갔을 거라고는 상상도 하지 못했던 것이다.

순간 얼떨떨하기는 했지만 곧 여전히 다급한 주변상황을 확인하고는 다시 빠르게 돌거인을 움직이기 시작했다.

빠르게 몸을 날리는 공지훈의 얼굴에 자신만만한 미소가 어리기 시작했다.

헌터들도 갑작스런 돌거인의 등장에 모두 화들짝 놀라고 말았다.

처음 보는 몬스터의 종류라고 생각한 그들이었으나, 등장하자마자 몬스터들을 처리하는 돌거인을 자세히 보자 어딘지 모르게 낯이 익었다.

무슨 상황인지 파악하지 못하며 주춤거리고 있는 사이 돌거인의 근처에 있는 공지훈의 모습을 보고는 누군가 소리쳤다.

"공지훈이다!"

이미 공지훈은 유명 인물이었다.

한때 블랙로브라며 믿었던 사람이었으니까.

하지만 이제는 모두 공지훈이 블랙로브가 아니라는 사실을 잘 알고 있었다.

그리고 일부는 그가 5급 헌터라는 사실도 알고 있다.

그런데 공지훈이 부리는 돌거인의 주먹 한 방에 전갈 몬스터의 머리가 터져 나갔다.

4급 헌터라 해도 이렇게 쉽게 잡을 수 있을까 싶을 정도로 강한 몬스터였다.

그런데 한 방이었다.

그들이 알고 있는 공지훈은 5급의 각성자였으니 이해할 수 없는 상황이었다.

하지만 급박한 상황이라 이것저것 따질 겨를 따위는 없었다.

쿵쿵쿵.

돌거인이 육중한 몸을 빠르게 움직이며 다른 몬스터에게

달려들었다.

온몸이 털로 뒤덮인 5미터 급의 몬스터가 돌거인을 보고는 흉성을 터뜨리며 달려든다.

"크아아아아!"

그리고는 자신의 몽둥이를 돌거인에게 휘둘렀다.

그러자 돌거인이 주먹을 휘둘러 거대한 몽둥이를 부숴 버렸다.

그리고는 마치 무투가처럼 깔끔한 동작으로 다른 주먹을 휘둘러 몬스터의 머리를 후려쳤다.

퍼어억!

골수가 터져 나가며 피가 사방으로 튀었다.

그리고 그 몬스터 역시도 돌거인의 주먹 한 방에 쓰러지고 말았다.

수세에 몰렸던 헌터들이 돌거인의 등장으로 다시 기세를 올리며 남은 몬스터에게 공격을 가했다.

그러자 거센 공격에 몬스터들이 하나둘 쓰러지기 시작했다.

이내 모든 몬스터들이 정리되자 헌터들도 지쳐 그 자리에 널브러졌다.

2백 명에 가까운 숫자가 바닥에 풀썩 주저앉으며 휴식하는 동안 공지훈은 던전의 입구 쪽으로 이동해 갔다.

그 와중에 다시 사이클롭스 두 마리를 만났지만 두 놈 다 돌거인의 주먹 몇 방에 곤죽으로 만들어 버렸다.

거칠 것 없이 달려가던 공지훈은 곧 던전 입구에 도달했는데 어쩐지 포탈이 작동을 하지 않고 입구가 막혀 있었다.

"뭐지?"

설마 입구가 막혔을 거라고는 전혀 예상하지 못했던 터라 그저 황당한 표정으로 던전의 입구였던 검은 형태의 형상만 바라보았다.

정확히 말하면 그 던전의 입구는 형체만 있을 뿐 진입이 불가능한 상황이라 그저 검은 연기에 불과했던 것이다.

헬기 내에서 휴대폰으로 영상을 확인했을 때만 해도 분명 유정상이 이곳으로 진입하는 모습을 본 것 같았는데, 이렇게 던전의 문이 기능을 잃어버렸다는 건 결국 던전 내에서 뭔가 조치를 취했거나 아니면 던전이 스스로 문을 막아버렸는지도 모를 일이었다.

그 순간 공지훈 쪽으로 대형 거미 몬스터 아라크로노가 다가오자 곧바로 돌거인이 움직였다.

✤ ❖ ✤

"이, 이게 도대체 뭐지? 우리 지금 던전에 있는 거 아니었어?"

"……."

박선경의 질문에 아무런 대답도 못하는 강진혁이었다.

그도 그럴 것이 분명 자신들이 있는 곳은 던전이 분명했는데 갑자기 지각변동이 일어나며 도시로 변해 버렸으니 당연한 일이었다.

거기다 변한 도시가 눈에 익숙하다.

"여, 여기 이태원 삼거리 아니야?"

"그런 것 같은데."

놀랍게도 자신들이 서 있는 곳은 서울의 한복판이라고 할 수 있는 이태원 삼거리였다.

주변의 도로, 건물, 간판 모두가 익숙한 곳이라 금방 알아볼 수 있었다.

다만 자동차가 다니지 않고, 거리에 아무도 보이지 않으니 마치 사람만 사라진 유령도시 같아 을씨년스러웠다.

"어, 어떻게 이런 일이?"

강진혁이 놀라 입을 다물지 못하고 있던 그때 갑자기 주변이 소란스러워지기 시작했다.

두 사람의 주위로 여러 마리의 몬스터들이 모습을 드러낸 것이다.

그런데 뭔가 이상하다.

주변에 잔뜩 몰려 있는 몬스터들은 모두 고블린이었다.

"뭐, 뭐야 이 쓰레기 몬스터들은?"

박선경이 황당하다는 얼굴로 고블린들을 둘러보았다.

자신들은 분명 7성급 던전에 들어왔는데 황당한 지각변동 이후 도시가 생겨나더니 이젠 7성급 던전에 어울리는 몬스터가 아닌 1성급이나 2성급 따위에나 나올 고블린

무리가 나타난 것이다.

하지만 고블린들은 두 사람이 뭘 생각하는지는 관심 없다는 듯이, 썩은 창이나 검을 들고 달려들기 시작했다.

"켈켈켈."

"코아우아아! '

그 모습을 보면서 어이가 없다는 표정을 짓던 박선경이 주변으로 가볍게 손을 휘둘렀다.

파지지지직.

"쿠에에에엑! '

"꺄오오옥!"

순식간에 수십 마리의 고블린들이 피떡이 되어 버렸다.

놈들의 사체에 떨어져 있는 귀환석을 발견한 강진혁이 시선을 박선경에게 돌리자 그녀가 빨리 나가자는 눈짓을 한다.

그 모습에 곧바로 강진혁이 귀환석을 주워들더니 마나를 주입했다.

던전에 대한 궁금증이 많긴 했지만 지금은 일단 밖으로 나가야 한다고 생각한 것이다.

커서 마스터

Cursor Master

4. 천사를 깨워라

커서 마스터
Cursor Master

4. 천사를 깨워라

쿠구구구구.

던전 주위가 흔들리더니 두 사람이 모습을 드러냈다.

던전 게이트 속에서 두 남녀가 튀어나오자 주변에 있던 헌터들이 모여들었다.

"막힌 게 아닌가봐."

"나올 수는 있는 거 같은데?"

모여든 헌터들이 떠들다 두 사람의 정체를 확인하고는 놀라 살짝 물러섰다.

갑자기 나타난 남녀는 4급 각성자인 강진혁과 박선경임을 안 것이다.

두 사람은 이쪽 각성자 세계에서 뿐만 아니라 전국적

으로도 제법 알려진 인물들이었기 때문이었다.

차분하면서도 냉정한 성격의 실력자 강진혁, 표독스럽고 안하무인인 박선경은 유명한 콤비였으니까.

두 남녀는 주변에 있던 헌터들에게는 눈길도 주지 않은 채 주변 상황을 둘러보았다.

인근이 완전히 파괴되어 있다는 사실에 놀라 눈살을 찌푸렸다.

"이봐. 거기."

강진혁이 근처에 있던 각성자 한 명을 가리키며 말하자 지목당한 당사자가 화들짝 놀랐다.

"네?"

그렇게 말하며 강진혁 앞으로 다가갔다.

"여기로 몬스터가 튀어나온 게 사실인가?"

자연스러운 하대.

블랙로브에겐 강한 기세에 눌려 존대했을 뿐 원래 이 두 사람은 어지간한 사람들에겐 모두 하대를 했다.

"아, 그, 그렇습니다."

하지만 그런 하대에도 당연하다는 듯 자연스럽게 받아들이는 남자였다.

"그런데 몬스터들이 생각보다 적었나보군. 별로 눈에 띄지 않으니."

"블랙로브가 일차적으로 많은 수의 몬스터들을 해치웠습니다. 거기다 추가적으로 저희가 투입되었고요."

그 말에 움찔 놀라는 두 사람.

블랙로브의 도움으로 목숨을 구했으니 당연한 일이었다.

하지만 던전 안에서의 일을 굳이 이 사람들에게까지 이야기하고 싶은 생각은 없어 더 이상 이야기를 나누지는 않았다.

바로 그때 그들에게 다가오는 거대한 물체가 보였다.

쿵. 쿵. 쿵.

곧바로 강진혁이 인상을 찌푸리며 등 뒤에 있던 검에 손이 갔다.

"그거 뽑으면 피곤해질 테니 그만두는 게 좋을걸?"

거대한 그림자의 곁에 나타난 인간은 바로 공지훈이었다.

갑자기 나타난 공지훈의 모습에 강진혁의 미간이 살짝 찌푸려졌다.

그의 기세가 생각 이상으로 강하다는 걸 느낀 것이다.

특히나 소환수의 기운은 등장만으로도 자신이 깜짝 놀랄 정도로 만만치 않음에 조금 놀라고 있었다.

그런데 강진혁은 공지훈의 얼굴이 익숙하다는 생각에 고개를 갸웃거렸다.

"누구지?"

그 말에 공지훈이 피식 웃었다.

"너부터 자기소개를 하는 게 어때?"

"뭐야?"

"초면에 반말 찍찍 날리는 것도 마음에 들지 않는데 다 짜고짜 누구냐니?"

만나자마자 신경전을 벌이는 두 사람의 모습에 주변에 있던 헌터들이 서로 눈치를 보기 시작했다. 강진혁의 곁에 있던 박선경이 공지훈에게 호기심을 보이며 물었다.

"당신도 4급 각성자야?"

풍기는 기세만으로는 4급의 각성자 같아 보이는데 4급 각성자들 사이에서 본 얼굴은 아니다. 저런 자를 왜 몰랐을까 신기하다는 생각을 하며 그렇게 물었는데 그녀의 질문에 공지훈이 살짝 놀라고 있었다.

뜬금없이 4급 각성자냐니.

물론 자신이 이전에 비해 월등히 강해졌다고는 느꼈지만 4급 정도의 능력을 얻었을 거라고 전혀 생각 하지 않았던 것이다.

하지만 굳이 속마음까지 내보일 필요는 없었다.

"당신들은?"

"맞아. 나랑 걔도 4급 각성자야. 우린 조만간 3급으로 올라갈 거지만 말이야."

박선경이 피식 웃으며 강진혁과 자신을 가리키며 말하자 그제야 그들이 눈에 익었던 이유를 알 것 같았다.

가끔 방송에 나올 정도의 인지도가 있는 4급의 선남선녀.

물론 공지훈은 평소에도 다른 이들에게 관심이 없었으니

기억하지 못하는 것도 당연한 일이었다.

"꽤나 강해보이네. 그 스톤맨."

박선경이 돌거인에게도 관심을 보인다.

그런데 그때 던전의 입구 포탈 주위에 스파크가 튀기 시작했다.

파지지지직.

그 때문에 근처에 있던 각성자들이 모두 물러섰다.

그리고 곧이어 포탈에서 푸른빛이 일렁이기 시작했다.

처음 보는 현상이라 무슨 일이 벌어질지 감도 오지 않은 탓에 모두는 그곳에서 멀리 물러섰다.

만약에 저기서 폭발이 발생하기라도 한다면 그 피해가 적지 않을 것이기 때문이다.

그래서 몇몇 사람들은 큰 바위 뒤에 몸을 숨기기도 했다.

하지만 강진혁과 박선경, 그리고 공지훈은 별다른 반응 없이 그저 던전을 바라보기만 했다.

웬만한 일에는 다치지 않을 자신감도 있었지만 본능적으로 위험한 변화는 아니라는 걸 직감했던 것이다.

하지만 예상하지 못한 일이 발생했다.

휘이이이잉.

처음에는 가벼운 바람이 불기 시작하더니 점점 그 바람이 모두 던전을 향해서 빨려 들어가듯이 휘몰아쳐 들어갔다.

소리나 느낌은 엄청난 강풍이 부는 것 같은데 특별히 몸이 딸려가는 느낌은 없다.

그러다가 갑자기 주변에서 몬스터들의 소리가 들려오기 시작했다.

사방에서 시끄러운 몬스터들의 비명이 울려 퍼지더니 곧 이어 그때까지 살아남았던 몬스터들이 던전 입구를 향해 날아오기 시작했다.

그것은 마치 엄청난 태풍에 휘말려 날아오는 것 같은 모습이었다.

결국 세 사람도 몰려드는 몬스터를 피해 빠르게 옆으로 물러섰고 그들 사이를 많은 수의 몬스터들이 지나치며 던전 속으로 빨려 들어가기 시작한 것이다.

"도, 도대체 이게 무슨 일이지?"

박선경이 놀라움에 입을 다물지 못하며 중얼거렸다.

그리고 1분 정도의 시간동안 많은 수의 몬스터들이 던전으로 빨려 들어갔고, 곧이어 그 태풍 같았던 바람도 멈추었다.

"마나의 기운이 사라졌다."

누군가 소리치자 모두 그것을 느끼고는 곧 표정들이 밝아졌다.

어쨌든 던전 주위가 정상화된 것은 다행스러운 일이었다.

공지훈은 마나량 소모가 많아지자 곧바로 돌거인 소환을 해제하고는 던전으로 발걸음을 옮겼다.

돌거인은 소환 시에는 많은 마나를 소모했지만, 유지에는 소량의 마나만이 필요할 정도로 효율이 좋은 능력이었다. 하지만 이는 던전에서나 가능한 일이었고, 마나가 회복되지 않는 바깥세상에서는 그조차도 부담스러웠던 것이다.

그가 던전으로 사라지는 모습을 그저 지켜만 보던 강진혁과 박선경이 근처의 사람들에게 공지훈의 정체를 묻자 그들 중 한 명이 그에 대한 간략한 소개를 해주었다.

"흐음…… 공지훈? 블랙로브와 가까운 사이 같다…… 라. 어디선가 본 것 같은 얼굴이라 했더니 그때 TV에서 봤던 건가?"

"그래도 아직 어려 보이는데 4급이라니 대단한 걸?"

"네? 5급 아닌가요?"

두 사람의 대화를 듣고 있던 헌터 중 한 명이 의아한 표정을 지으며 그렇게 말하자 강진혁이 한쪽 입꼬리를 올리며 피식 웃었다.

"겨우 5급이라니 말도 안 되지. 4급 중에서도 상급 능력자야."

"그래도 우리 위는 아니겠지?"

"아마도."

그 말에 주변에 있던 사람들이 크게 놀라고 있었다.

❖ ❖ ❖

공지훈이 던전에 들어서자마자 황당함에 그 자리에 우뚝 서 버렸다.

"어, 어째서 이런 곳에 도시가……?"

공지훈이 던전의 안으로 들어서니 놀랍게도 눈앞에 도시가 있었다. 거기다 도시의 모양은 한국이 분명하다. 한글 간판이 버젓이 걸려 있었으니 당연한 일이었다.

그보다 자신이 던전 속으로 들어왔다는 사실을 잠시 잊어버릴 정도로 평범한 도시가 분명했다.

그런데 도시에 몬스터들이 어슬렁거리며 돌아다니고 있는 모습이 눈에 들어왔다.

그 모습을 보고 나서야 이곳이 던전임을 실감했다.

그나저나 몬스터가 조금 이상했다.

7성급 던전이 분명할 텐데 1성급이나 2성급에 나올 법한 약해빠진 몬스터가 제법 보였다.

특히 고블린들이 도시의 이곳저곳에서 마치 제 세상인 양 난동을 부리는 모습이 눈에 띄었다.

애초에 던전 공략을 목적으로 온 것이 아니었으니 몬스터의 종류 따위엔 별다른 관심을 갖고 있지는 않았지만 설마 이런 일이 벌어질 것이라고는 전혀 예상하지 못한 공지훈은 잠시 동안 얼떨떨하게 있었다.

그리고 곧이어 주변에 있는 고블린들이나 지옥늑대 따위의 하급 몬스터들을 때려죽이며 유정상을 찾아 나섰다.

❖　❖　❖

갑작스런 사태에 케이블 채널 JKBC의 '극한던전을 가다'

가 특별 편성되어 방송을 시작했다.

긴급으로 급히 방송국에 호출된 진행자 고현아는 사건이 일어나는 동안에도 다른 스케줄로 바빴던 탓에 지금 상황에 대한 자세한 이야기를 알지 못했다.

그나마 김성우의 경우엔 어느 정도 뉴스도 보았고 미리 진행상황을 간단하게나마 들은 상태로 방송 테이블에 앉았다.

그런 불안 불안한 상황에서 PD의 시작 사인을 받고 방송을 시작되었다.

"현재 부천시 인근 던전에서 발생한 사건에 대해 말씀해 주세요."

고현아가 조금은 심각한 표정으로 김성우를 바라보며 말했다.

"던전의 이름은 '바람의 칼날 1호'입니다. 말씀대로 부천시 인근에 있는 던전으로 몇 시간 전에 던전의 문이 뚫리며 몬스터들이 튀어나온 사건입니다."

"문이 뚫렸다는 건 무슨 의미죠?"

"말 그대로 뚫린 겁니다. 입장만 가능하게 하던 게이트로서의 기능을 잃고 문이 열린 거지요. 이제까지는 던전을 나오기 위해선 귀환석이라는 특수한 마력을 지닌 돌이 필요했습니다만, 저렇게 뚫려 버리면 그런 것들이 없이도 무엇이든지 던전을 나올 수 있게 됩니다."

그 말에 고현아가 더 심각해진 얼굴이 되더니 다시 물었다.

"그럼 앞으로는 어떻게 될까요?"

"현재로서는 예상하기가 힘듭니다."

"왜 그렇죠?"

"작은 던전 폭발에 의해 일부 몬스터들이 던전의 밖으로 튀어나오는 식의 출현은 몇 번 있었습니다만, 지금처럼 문이 완전히 개방된 상태로 몬스터들이 계속 바깥으로 튀어나온 경우가 없었기 때문입니다. 거기다 지금 현재 문제가되고 있는 던전의 경우, 최상위급에 속하는 7성급 던전이라 몬스터들이 굉장히 강하죠."

"어느 정돈가요?"

"7성급 던전의 몬스터 한 마리를 상대하기 위해선 최소 5급 이상의 각성자들이 팀을 이루어 싸워야 할 정도입니다."

"네?"

전혀 예상 못한 수준이라 고현아도 크게 놀랐는지 방송이라는 사실을 망각하며 입을 떡 벌린다.

"크흠."

김성우가 그런 고현아에게 가벼운 헛기침으로 지금의 모습을 상기시키자 서둘러 표정을 고치는 그녀.

그리고는 다시 질문했다.

"5급 각성자가 많은 건 아니죠?"

"그렇습니다. 5급 정도면 중상위급의 각성자라 어지간한 길드라면 수장이 되고도 남을 정도입니다. 그리고 전국에 이런 5급 이상의 각성자는 대략 500명 전후로 파악되고 있습니다. 그런데 더 큰 문제는 모두 바쁘게 움직이는 분들이다 보니 갑작스런 사태에 얼마나 모일 것인가 하는 점입니다."

"그럼 큰일 아닌가요?"

"그렇습니다. 그나마 다행인 것이 있습니다."

"그게 뭔가요?"

"방금 조사원들의 정보에 따르면 던전의 마나에너지가 반경 2킬로미터 이상으로는 영향을 미치지 않는다는 사실입니다."

그 말에 고현아가 이해가 되지 않는지 고개를 갸웃거린다.

"어째서 그런가요?"

"몬스터들은 마나에너지가 희박한 곳에선 오래 생활을 하지 못하기 때문입니다. 그래서 어지간하면 에너지가 미치는 범위는 벗어나지 않지요. 그래서 이제까지 던전 폭발에 의한 몬스터 출현에서도 그리 큰 피해를 입지 않은 것입니다."

방송화면이 바뀌며 도시를 부수는 거대 몬스터들이 보인다.

실시간 화면을 받아 약간의 보정과 자막을 추가한 영상이라는 사실이 간단히 적혀 있었다.

그런데 몬스터의 움직임과 주변 상황이 심상치 않다는

것은 금방 알 수 있을 정도로 주변이 완전히 초토화되어 있었다.

그 모습을 보던 고현아가 인상을 구긴다.

이제까지 방송을 통해 많은 몬스터들을 접한 그녀였지만, 지금 화면에 보이는 몬스터는 그야말로 재난급에 가까운 놈들이었다.

마치 일본의 특촬물들에서나 보았을 법한 모습의 괴물들이 커다란 건물을 두부처럼 부숴 버리는 압도적인 모습이 공포로 와 닿은 것이다.

"인근에 군부대가 출동했다고 하던데 저 몬스터들을 군대 무기로 제압이 안 되는 건가요?"

"정확한 데이터는 부족해 확신할 수는 없지만 대다수의 전문가들은 일반 보병의 무기로는 어렵다고 예측하고 있습니다. 사실 5성급 던전의 몬스터만 해도 네이팜탄으로 죽이지 못했다는 정보가 있으니까요."

네이팜탄이 정확히 어떤 종류의 무기인지 고현아는 몰랐지만 어쨌거나 강한 무기에도 잘 죽지 않는다는 뜻은 이해했다.

"그렇다는 건 결국 군대 무기로는 상대하기 어렵다는 이야기군요."

"쉽게 말씀드리자면, 그렇습니다. 군의……."

김성우가 이야기를 하다 잠시 멈추었다.

화면 속에서 나온 폭발음 때문이었다.

"방금, 무슨 소리죠? 폭발음 같은데."

고현아가 조금 놀란 얼굴로 화면에 집중했다.

그때 화면 속에서 커다란 몬스터 사이클롭스가 폭발의 여파에 머리를 흔들더니 아주 화가 난 듯이 소리를 지르는 모습이 보였다.

그리고 이어서 카메라가 빠르게 움직이더니 다시 다른 곳을 비춘다.

탱크와 지프차들이 모여 있는 장소.

그곳에는 지금 막 포탄을 발사한 것 같은 흔적이 보였다.

이어서 카메라가 다시 빠르게 움직이며 좀 전의 그 사이클롭스를 잡았다.

카메라맨도 심상치 않은 분위기를 느낀 것이다.

이어서 포탄을 맞은 사이클롭스가 포효하더니 탱크가 모여 있는 곳으로 달려간다.

그때까지는 넘어오지 않던 던전의 에너지 반경을 넘어서는 거리였지만 화가 난 사이클롭스는 아무것도 보이지 않는 듯 미친 듯이 자신을 공격한 탱크를 향해 달렸다.

그러자 군인들이 일제 사격을 실시했다.

두두두두두.

엄청난 화력이 동시에 불을 뿜었지만 사이클롭스는 그런 공격에도 아랑곳하지 않고 달려가서 그곳을 덮치더니 순식간에 탱크와 지프차들 부숴 버리기 시작했다.

엄청난 괴력으로 자신보다 훨씬 더 무거운 탱크를 들어

올렸다가 땅에다 꽂아버리기도 했다.

콰아아앙.

주변이 아수라장으로 변해 버렸다.

주변에 있던 몬스터들마저 흥분해 날뛰었고, 이내 총을 쏴대는 군인들에게 달려들어 그들을 갈갈리 찢어발겼다.

충격과 공포.

진행자 두 사람은 일순 말문이 막혀 버렸다.

그런데 그때 번쩍 하는 느낌과 함께 사이클롭스의 머리가 터져 나갔고 그것을 시작으로 사방에서 몬스터들이 갑자기 펑펑 하는 소리와 함께 쓰러지기 시작했다.

그 틈에 군인들이 후퇴하고 곧이어 모습을 드러낸 검은 옷의 사내.

"브, 블랙로브군요."

카메라가 줌으로 사내의 정체를 확인하자 곧바로 고현아의 입에서 튀어나온 말이었다.

평소에도 블랙로브의 팬이라 자청하던 그녀였기에 불확실한 화면에도 대번에 그를 알아본 것이다.

곧 화면이 더욱 또렷해지고 자막이 그라는 걸 확인해주고 나서야 김성우는 고개를 끄덕였다.

"그렇군요."

그런데 어떻게 이런 순간에 그가 이 장소에 있는 것일까?

사실 그런 건 중요하지 않았다.

단지 그로 인해 더 큰 피해를 막을 수 있었다는 사실이 중요할 뿐.

주변으로 튀어나온 몬스터들을 해치운 그가 일체의 주저함도 없이 마나의 영역 안으로 들어갔다.

그것과 동시에 그의 주변에 강한 빛 무리와 함께 생겨난 거대한 몬스터들.

예전에 방송으로 보았을 때는 원숭이 과의 몬스터들을 주로 이끌고 있었지만 이번엔 거인 몬스터였다.

물론 두 명의 진행자들도 많은 각성자들의 증언에 의해 그가 다른 종류의 몬스터도 부린다는 사실을 들어 알고 있었지만, 영상을 통해 실제로 바라본 거인들의 기세는 장난이 아니었다.

그들은 개별적인 움직임을 보이는 다른 몬스터와 달리, 마치 훈련받은 병사들처럼 대형을 갖춰 일사분란하게 움직이고 있었다.

그리고 거인들이 합심해 근처에 나타난 몬스터들을 순식간에 작살내자, 두 명의 진행자는 그 박력에 모두 얼이 빠진 채 아무 말 없이 화면에만 열중했다.

사실 진행자가 이정도로 넋을 놓고 있으면 방송사고로 생각할 수도 있었지만, 화면이 내용이 충격적이었기에 그 누구도 그런 생각을 하지 못했다.

오히려 이정도 화면이 방송을 타고 있으니 PD는 속으로 쾌재를 부르고 있었다.

영상은 마지막까지 블랙로브가 빠른 속도로 던전의 입구 쪽으로 달려가는 모습을 잡아내다가 주변의 연기 때문에 줌 화면으로도 더 이상 확인이 불가능해지는 상황으로 이어졌다.

그리고 잠시 후 많은 헬기가 인근의 하늘에 나타난 것까지 확인하고는 종료됐다.

그제야 정신을 차린 고현아가 겨우 멘트를 하면서 진행을 이었다.

"과연, 이번에도 블랙로브가 활약을 해주는군요."

"맞습니다. 군의 어설픈 대처 때문에 그가 아니었다면 피해가 급속히 확산될 뻔 했습니다. 거기다 다른 각성자들이 현장에 나타나기 전까지 시간을 벌어준 것도 큰 의미가 있습니다."

"네. 맞아요. 그에겐 단순히 헌터라든가 각성자라는 말보다는 히어로가 더 어울리는 것 같아요."

그 순간 고현아의 지극히 개인적인 의견이라는 글자가 화면 하단에 자막으로 표시되고 있었다.

그때 김성우가 이어폰으로 들어오는 소식을 전했다.

"아, 지금 바람의 칼날 1호 던전에서 들어온 소식인데요. 블랙로브는 던전에 진입했고, 얼마의 시간 후 던전 입구에서 이상 현상이 발생했다고 합니다."

"어떤 일이죠?"

"바깥으로 출몰했던 몬스터들이 일제히 던전 쪽으로 빨려

들어갔다고 합니다."

"네? 그런 일이 가능한 건가요?"

"글쎄요. 저도 이런 경우는 처음이라 잘 모르겠습니다."

방송은 그렇게 계속 진행되었다.

✤ ✤ ✤

"에효. 내 능력이 모자라 던전의 등급이 떨어진 거군."

유정상이 어깨를 축 늘어뜨리며 힘없이 이야기하자 곁에
있던 주코가 킥킥 거리며 웃었다. 그러다가 유정상은 아무
반응도 없는데 혼자서 찔끔하더니 어울리지도 않는 위로를
건넨다.

"그래도 도시는 보존될 거잖아. 좋게 생각하라고."

주코의 말대로 하급 몬스터들이 주류라면 도시는 어느
정도 보존될 것이 틀림없다. 그러나 능력 부족으로 던전의
등급을 떨어뜨렸다는 생각에 기분이 쳐지는 것 또한 어쩔
수 없는 일이었다.

63빌딩의 옥상에서 주변을 내려다보며 한숨을 쉬던 유
정상의 감각에 익숙한 기운 하나가 잡혔다.

"응?"

"왜그래? 주인?"

"익숙한 녀석이네."

"누구?"

주코의 말을 씹고는 그것이 느껴지는 곳으로 시선을 보내다 곧바로 드레이크를 불러 타고는 그곳으로 향했다.

그리고 잠시 후 드레이크가 목적지에 도착하자마자 거대한 날개를 퍼덕이며 바닥에 내려앉기 시작했다.

하늘에서 내려오는 드레이크의 모습을 보고는 수십 마리의 고블린들에게 둘러싸여 있던 공지훈이 피식 웃으며 손을 흔들었다.

드레이크가 바닥에 내려서자 공지훈 쪽으로 몰려들던 고블린들이 삽시간에 모습을 감춘다.

상위 포식자를 만나자 본능적으로 몸을 숨긴 것이다.

크르르르르.

드레이크가 풍기는 냄새와 특유의 그르렁거리는 소리에 주변에 있던 하급 몬스터들은 일찌감치 먼 곳으로 물러나 버린 것이다.

주변상황에 별 관심 없다는 듯 공지훈이 돌거인을 곁에 두고 손을 흔들었지만 유정상은 시큰둥하게 말했다.

"여기서 뭐 하는 거야?"

"네가 방송에서 나오기에 와 본거지. 뭐."

"방송?"

잠시 고개를 갸웃거리던 유정상이 이내 수긍하며 머리를 끄덕였다.

하기야 그렇게 요란을 떨었으니 기자들이 냄새를 못 맡을 리가 없지 않은가?

"그런데 이 던전 네가 이렇게 만들었어?"

"뭐. 그렇지."

"햐. 넌 정말 도대체 이런 능력을 어떻게 얻은 거야?"

"……"

핵심을 파고드는 공지훈의 질문에 유정상이 아무런 대답도 없이 가볍게 쏘아본다. 그러자 공지훈은 자신이 쓸데없는 질문을 했다고 생각하면서 얼른 사과를 했다.

"아, 미안. 그냥 궁금해서 물었을 뿐이야. 굳이 대답할 필요는 없으니까."

"난 이제 여기일도 끝났으니까 나갈 거다."

"그래?"

뭔가 도움이 되려고 서둘러 왔지만 별다른 도움이 되지 못했다는 사실에 조금 씁쓸한 마음에 어색하게 웃었다. 하지만 어차피 유정상에게 얼굴도장은 찍었고 또한 도움이 되려고 노력하는 모습은 보였으니까 헛걸음 한 것 따위는 별로 상관없었다.

❖ ❖ ❖

다시 '불꽃 2호' 던전으로 이동한 유정상이 그 던전의 입구로 진입했다.

사실 바람의 칼날 1호 던전의 경우엔 주코와 백정이 나서서 싸우는 바람에 유정상은 별달리 크게 체력소모가 있었던 것도 아니어서 거의 피곤함은 느껴지지 않았다.

던전 안으로 들어서자 메시지가 떴다.

[일시정지 되었던 미션, '아킨젤스인 미르엘을 깨워라'
가 재개됩니다.]

[미션수행까지 남은 시간 69시간]

[모두 사용되었던 군주 포인트는 미션 완료와 함께 다시
리셋 되어 1170점이 됩니다.]

일단 유정상은 드레이크를 소환해 등 위에 올라타고는 하
늘로 날아올라 커서의 방향을 확인하며 비행하기 시작했다.

그러자 던전 진입과 동시에 생겨났던 주코와 백정도 얼
른 따라붙었다.

그런데 예상하지 못한 일이 생겼다.

하늘에서 찾는 게 빠른 방법이라고 생각한 탓에 비행을
시작했는데 금방 낭패를 겪게 되었던 것이다.

퍼엉. 퍼엉. 퍼엉.

사방에서 불덩어리가 드레이크 방향 쪽으로 날아들었다.

유정상이 주변을 살피자 하늘을 향해 불덩이를 발사하는
건 식물형 몬스터로 거대한 꽃처럼 생긴 녀석이었다.

땅속에 뿌리를 박고 있는 높이 5미터 이상의 거대한 꽃
이 사방에 깔려 있었던 것이다.

[대공 화염꽃]

[하늘에 떠 있는 특정 크기 이상의 물체를 공격하는 습성
이 있다.]

[화염 레벨 35]

땅에 있을 땐 그저 커다란 꽃 정도로만 생각하고 있었는
데 이런 습성이 있을 거라고는 전혀 알지 못했다. 그도 그
럴 것이 던전에서 하늘을 날아본 각성자가 없었으니 이런
정보를 알 리가 없었던 것이다.

휘아아아.

콰아앙.

처음 몇 개는 주먹 기파로 파괴하거나 커서 방패로 막아
냈지만 점점 불덩이가 날아드는 횟수가 늘어나자 드레이크
의 비행도 쉽지가 않았다.

어지간한 건 막아낸다고 해도 사방에서 튀는 불덩이 파
편에 드레이크도 조금씩 데미지를 입기 시작한 탓이었다.

"이래서는 더 이상 비행이 불가능하겠어."

"빨리 내려가자 주인."

유정상의 곁에서 커서 방패의 도움을 받아 몸을 숨기던
주코도 상황이 좋지 않다는 걸 느끼고는 그렇게 말했다.

곧바로 유정상이 드레이크의 방향을 아래로 향하게 만들
고는 다시 바닥에 착지했다.

그리고 곧바로 드레이크를 소환해제 했다.

"이놈들 때문에 이곳엔 거대 비행 몬스터가 없었던 거군."

주코나 백정이 비행할 때는 별다른 공격이 없었던 것으로 봐서는 제법 크기가 큰 비행물체에만 반응하는 걸로 보였다.

빨리 미션을 끝내려는 마음에 드레이크를 소환했던 것인데 던전의 환경이 애초에 드레이크의 사용을 불가능하게 만들어버리고 있었다.

"그래도 대공 화염꽃이라니. 정말 황당한 식물이군."

그런데 그때 바닥이 울렸다.

쿠웅. 쿠웅. 쿠웅.

숲에서 나무들을 쓰러뜨리며 뭔가 다가오는 것이 보였다.

유정상은 은신 스킬을, 그리고 주코는 은신 마법을 시전에 모습을 감추었다.

그리고 백정은 땅속으로 들어가 버렸다.

거대한 괴수는 여섯 개의 다리를 가진 파충류 일종으로 길이는 대략 10여 미터 그리고 높이는 3미터 가량이었다.

머리엔 커다란 뿔이 두 개가 우뚝 솟아 있었고 거대한 주둥이엔 날카로운 이빨이 잔뜩 붙어 있어 포악해 보였다.

[이름: 타라스크]

[레벨: 38]

[공격력: 2800]

[방어력: 2950]

[생명력: 16500/16500]

[힘: 4100]

[민첩: 39]

[체력: 1950]

[지능: 6]

최근 만났던 몬스터 중에선 가장 강한 놈이었다.

하지만 이놈 역시 이미 레벨 45를 찍은 유정상 상대는 아니었다.

파아앙.

"끼에에엑!"

쿠웅.

타라스크의 얼굴에 엄청난 충격 기파가 작렬하자 뼈가 함몰되며 비명을 지르더니 곧바로 바닥에 쓰러지고 말았다.

허무할 정도로 싱겁게 마무리되어 당사자인 유정상도 얼떨떨해 할 정도였다.

하지만 챙길 건 챙겨야 하는 법.

타라스크의 사체 주변에 많은 아이템들이 떨어져 있다.

천 골드짜리 골드바가 10여개 그리고 중급 포션들이 몇개 생성되었다.

그것들을 인벤토리에 담는 동안 백정이 놈을 깔끔하게 해체해 버렸다.

가죽과 뼈를 챙기고 고기도 약간 잘라내었다.

오늘 내내 바쁘게 돌아다닌 탓인지 배가 고팠다.

인벤토리를 다시 열어 활력의 불꽃 하나를 꺼내 자리를 찾아 바닥에 집어넣었다.

불꽃이 크게 솟아오르며 안전지대가 만들어졌다.

이전에 비해 안전지대의 영향권이 넓어지긴 했지만 여러 사람이라면 몰라도 유정상에겐 별로 차이가 없었다. 어차피 혼자서 사용하는 공간은 제한적이었으니 당연한 일이었다.

오랜만에 냠냠플레이어의 두 번째 냄비를 꺼내 놈의 고기를 담으려 하다 손잡이에 버튼이 몇 개 보인다.

첫 번째 버튼을 누르자 냄비가 손잡이만 남기고 사라지더니 손잡이도 기다란 꼬챙이로 변해 버렸다.

순간 유정상은 '이게 뭐지?' 하는 생각에 황당한 표정으로 꼬챙이를 바라보다 곧 이해를 하고는 고개를 끄덕였다. 이 꼬챙이에 고기를 꽂으면 직접 불에 구워 먹을 수 있다는 걸 이해한 것이다.

그리고 두 번째 버튼을 누르자 순간 다시 냄비로 되돌아오더니 이번에는 곧이어 한꺼번에 몇 십인 분의 요리를 할 수 있을 만큼 커다랗게 변해 버렸다.

세 번째 버튼을 눌러보니 널찍한 쇠 불판으로 변해 버렸다.

네 번째 버튼은 원래의 냄비로 돌아가는 기능이었다.

"이거 좋은 기능이 추가되었네."

이전 냄비로는 쪄먹거나 국물을 내어 먹는 게 다였는데 이번 냄비는 이런저런 요리가 더 가능해진 것이다.

다시 꼬챙이로 변화시킨 유정상이 고기를 꽂아 간단한 조미료를 뿌리고는 마나를 주입시켰다.

그러자 고기가 삽시간에 익기 시작하더니 맛있는 냄새가 퍼져 나갔다.

"주인. 냄새가 좋다."

"너도 이런 거 먹어?"

"나도 음식은 익혀 먹는다."

주코가 주둥이를 삐죽이며 말하자 피식 웃은 유정상이 고기를 내밀자 잽싸게 꼬챙이에서 뽑아내고는 허겁지겁 먹기 시작했다.

주코가 뭔가를 먹는 걸 처음 본 유정상이라 조금은 신기하다는 듯 바라보았지만 주코는 고기 맛에 정신을 팔려 그것을 전혀 인식하지 못하는 눈치였다.

그리고 곧 입속에 다 털어 넣고는 손가락을 쪽쪽 빨다가 그제야 유정상의 시선을 느끼고는 어색하게 웃었다.

"에헤헤. 이거 정말 맛있다. 주인."

"평소엔 어디서 식사를 하는 거지?"

유정상이 궁금함에 물었다.

"유계에서. 그리고 보통은 배가 고프지 않으니까. 굳이 던전에서 먹지 않아도 상관없거든."

"그럼. 지금 배가 고픈거냐?"

"아니, 냄새가 좋으니까."

주코의 말에 어이가 없어 헛웃음이 나왔다.

그렇게 잠시 동안 휴식을 보내고는 곧바로 불꽃을 회수해 다시 커서가 가리키는 방향으로 걸어갔다.

대공 화염꽃은 근처에서 바라보면 그저 엄청나게 커다란 입사귀의 식물처럼 보인다.

색이 붉기 때문에 독특하긴 했어도 던전 내의 식물이라는 것이 색상도 대체적으로 화려한 편이라 그렇게 눈에 띄지 않았던 것이다. 그 때문에 보고도 그저 평범하게만 생각했었던 게 오산이었다.

그렇게 대공 화염꽃을 잠시 관찰하고 있는데 바닥이 울리더니 흔들리기 시작했다.

쿠르르르르.

순간적으로 지진인가 싶었지만 땅속에서 느껴지는 거대한 기운에 살짝 놀라 화염꽃에서 멀찌감치 물러섰다.

그러자 화염꽃에서 귀를 찢는 것 같은 괴상한 소리가 터져 나왔다.

"윽!"

너무나도 거슬리는 소리에 유정상이 인상을 찌푸렸다.

이어서 블랙로브로부터 강렬한 보호 에너지가 발산되며 유정상의 청각을 보호하자 그제야 안정을 찾아 표정이

펴졌다.

블랙로브는 저 소리도 공격의 일종으로 인식한 것이다.

여전히 찢어지는 것 같은 소리가 울리는 가운데 곧이어 거대한 화염꽃이 순식간에 땅속으로 빨려 들어가 버렸다.

거대한 화염꽃이 사라진 그 땅에는 커다란 구덩이가 생겨났는데 그 속에서 아그적 거리는 소리가 들린다.

뭔가 엄청난 놈이 땅속에서 화염꽃을 먹고 있는 게 틀림없었다.

유정상은 커서를 황금검으로 변화시키고는 곧바로 구덩이 속으로 날렸다.

휘이이익.

그리고 잠시후.

"꾸에에에에에!"

땅속 터널 속에서 엄청난 괴음이 울려 퍼졌다. 그리고 거친 흔들림과 함께 뚫려 있던 구덩이가 순식간에 메워졌다.

그리고 그것을 뚫고 나온 검이 다시 커서로 변해 버렸다.

쿠르르르르.

다시 땅이 올리더니 거대한 검붉은 벌레가 바닥을 뚫고 튀어나왔다.

버스를 두 대 정도 이어붙인 것 같은 크기의 구더기를 닮은 놈이 몸통에서 피를 뿜으며 온몸을 비틀더니 더듬이를 닮은 눈으로 사방을 살핀다.

그리고는 근처에 있던 유정상의 모습을 발견하고는 흥분
했는지 소리를 지르고는 곧바로 달려들었다.

타아앙.

하지만 그 순간 뭔가에 의해 가로막혔다.

커서가 다시 방패로 변하더니 놈을 막아내자 빠른 속도
로 달려들던 그놈은 충격에 옆으로 튕겨버렸다.

[이름: 자이언트 웜]

[레벨: 43]

[공격력: 3500]

[방어력: 3850]

[생명력: 22000/22000]

[힘: 5100]

[민첩: 43]

[체력: 2350]

[지능: 7]

놈의 상태를 확인하고는 제법 놀랐다.

이제까지 상대한 7성급의 몬스터들과는 차원이 다른 레
벨과 기세를 가졌기 때문이다.

푸르륵.

자이언트 웜이 방패와의 충돌로 인해 정신이 없는지 머
리 쪽을 흔들었다.

그 사이 주코가 놈에게 독 저주를 걸었지만 내성 때문에 전혀 통하지 않았다. 하지만 땅속으로 들어간 백정이 벌레의 아랫배 부분을 베어 버리자 파직 하는 소리와 함께 놈의 피부가 길게 찢어지며 피가 튀었다.

엄청난 방어력을 가졌지만 백정이 가진 빛의 검을 막아 낼 정도는 아니었던 것이다.

그렇게 백정이 살짝 정신을 빼놓는 사이 유정상이 포타의 걸음으로 빠르게 다가가 새로운 스킬 폭격펀치를 시전했다.

콰가가가가가가가가가강.

놈의 머리위에서 엄청난 양의 주먹기파가 떨어져 내리자 거대한 몸이 아래로 박혀 버렸다.

한 방 한 방 내리꽂힐 때마다 땅이 움푹움푹 파여 들어갔으며 동시에 놈은 처절한 비명을 토했다.

"끼우에에에에!"

처음으로 사용해 본 스킬이었는데 생각보다 더 굉장한 파괴력이라 스킬을 시전한 유정상 본인이 더 놀라고 말았다.

이렇게까지 강한 공격일거라고는 전혀 예상하지 못한 까닭이다.

하지만 마나 소모가 많다는 것이 옥에 티다.

어쨌든 이렇게 큰 스킬이 적중되어 놈이 확실히 데미지를 입고 있는 이때에 완전히 마무리를 짓는 게 좋다.

콰가가가가가가가강.

두 번째 폭격펀치가 떨어지자 비명소리가 더 커진다.

그런데 그때였다.

땅이 울리더니 사방에서 십여 마리의 자이언트 웜들이 튀어나오기 시작했다.

단순한 비명소리라 생각했는데 아마도 동료를 부르는 신호 같은 게 아닌가 싶었다.

어쨌든 지금 상대하는 놈에 비해 덩치가 조금 작기는 했어도 여전히 거대한 덩치였다.

하지만 유정상은 놀라는 대신 재빨리 군주 포인트를 이용해 거인 네피림들을 소환했다.

네피림은 10마리라는 수의 제한이 있기는 했지만 이정도로 거대한 적들을 상대하려면 할 수 없는 일이었다.

"쿠어어어어!"

"끼이이이!"

네피림들이 나타나자마자 자이언트 웜들과 엉겼다.

네피림들 보다 더 큰 덩치를 가진 자이언트 웜이었지만 움직임에 제한이 있는 녀석들에 비해 네피림들의 움직임이 훨씬 더 민첩했다. 덕분에 숫자가 부족함에도 거의 대등한 싸움이 되고 있었다.

이어서 백정과 주코까지 그 싸움에 끼어들자 단번에 네피림들이 유리해졌다.

결과가 예측되는 싸움이라 유정상은 더 이상 신경 쓰지

않고 오로지 눈앞에 보이는 놈에게 집중하며 마지막까지 마나를 쏟아 부어 계속 폭격펀치를 시전했다.

콰가가가가강.

자이언트 웜이 거의 빈사상태에 빠지자 놈을 완전히 박살내려 하다가 문득 주변에 놈과 같은 종이 많이 있음을 확인하고는 혹시나 하는 마음에 상태창을 확인했지만 녀석은 보스가 아니었다.

하는 수 없이 놈의 머리에 최후의 일격을 내리쳐 완전히 죽여 버렸다.

그러자 놈의 사체 주변에 골드바와 많은 수의 아이템이 생겨났다.

단번에 원숭이의 손 스킬을 이용해 인벤토리에 넣은 뒤 나머지 놈들에게도 달려들었다.

다음날.

제로그룹이 소유한 최고급 호텔의 레스토랑에서 대규모 기자회견이 열렸다.

많은 기자들이 호텔 측에서 준비한 테이블과 의자에 앉아 제로그룹의 정책본부 운영실장의 발표를 듣고 있었다.

주변에서는 많은 사진기자들과 촬영기자들도 이 상황을 찍고 있었다.

"저희 제로그룹에서는 이번 몬스터들의 난동에 대한 피해복구를 위해 최대한 지원을 할 예정이며⋯⋯."

그 모습을 지켜보던 한 방송국의 보도국 기자 한 명이 동료기자에게 작은 소리로 물었다.

"제로그룹에서 굉장히 적극적으로 나서는 이유가 뭐지?"

"공지훈과 블랙로브가 굉장히 밀접한 관계니까 이 기회에 그룹차원에서도 두 팔 걷어붙이고 나선다는 이미지를 주기 위함이겠지."

"꽤나 머리를 썼군."

"요즘은 이미지 전쟁이잖아."

"하긴."

최근 공지훈이 블랙로브로 오인되면서 제로그룹 계열사들의 주식들이 일제히 폭등하는 모습을 보였었다. 그때 많은 기자들이 제로그룹 고위급 관계자들에게 접근해 사실관계를 물었지만 대부분은 긍정도 부정도 아닌 애매한 태도를 보였다.

그러다 최근 아니라는 사실이 밝혀졌음에도 주가에 별다른 타격을 받지 않았었다.

그도 그럴 것이 블랙로브가 아니라고는 해도 공지훈과 블랙로브의 친밀한 관계에 대한 소문으로 인해 여전히 블랙로브는 제로그룹과 깊은 관계가 있을 거라는 소문이 있었기 때문이다.

그런데 오늘 갑자기 제로그룹 주최로 대규모 기자회견이 열렸다.

던전에 관한 많은 사회문제가 있음에도 형식적인 지원사업 이외엔 전혀 활동이 없던 제로그룹이 적극적으로 나섰다는 것만 봐도 블랙로브와 특별한 관계가 있다는 걸 간접적으로나마 인정하는 증거라고 기자들은 생각했다.

다소 형식적인 발표가 끝나자 많은 기자들의 질문이 쏟아졌고, 그에 대해 답변하는 정책 실장의 모습을 실시간 영상으로 지켜보고 있는 이들이 있었다.

제로그룹의 회장인 공정훈과 그의 여비서 황정아였다.

이번 발표에 대해 지시한 이가 바로 공 회장이었기에 영상을 보는 공정훈의 얼굴은 만족감에 젖어 있었다.

사실 이번 사태 후반에 각성자들이 제대로 역할을 못하고 있는 사이 공지훈이 뛰어들어 활약하는 모습이 생방송으로 나간 덕분에 제로그룹에 대한 국민들의 이미지도 예전에 비해 더욱 좋아졌다.

거기다 최근 블랙로브의 존재가 인터넷 영상을 통해 해외에도 알려졌고, 공지훈 역시 그와의 관계가 알려지며 제법 유명해졌다. 그 때문에 그룹 제품들이 해외에서도 선전을 했고 전체적인 기업의 인지도가 상승해 그룹의 매출과 이익률이 작년에 비해 월등히 상승하고 있는 중이었다.

"회장님 말씀대로군요."

"뭐가?"

"이사님에 대해선 지원 사격이외엔 아무런 간섭을 하지 말라는 말씀."

그 말에 공정훈이 모니터 화면에서 눈을 떼지 않은 채로 피식 웃었다.

"그래도 나 역시 이 정도일거라고는 전혀 예상하지 못했는데, 역시 아버지 말씀대로 큰물에서 놀 놈이라니까. 이번에야 말로 동생 덕을 톡톡히 보는군."

그 말에 여비서가 미소를 지었다.

❖ ❖ ❖

커서를 따라 이동한 지도 만 하루가 넘었다.

그동안 멀뚱히 이동만 한 것이 아니라 많은 몬스터들을 만나 사냥하기도 했기에 네피림들이나 백정, 주코도 꽤나 전투력이 상승해 있었다.

물론 유정상도 두 개의 레벨을 더 올려 47이 되었다.

하지만 생각 이상으로 던전이 거대한 탓에 하루 종일 이동하느라 꽤나 피곤했다.

물론 도중에 웨이브륨 광석도 얻었고, 몬스터들을 꾸준히 사냥한 덕분에 골드나 아이템도 많이 얻었으니 나쁘지 않았지만 말이다.

그리고 도중에 자이언트 웜 보스를 만나 군주의 인장을 찍는 바람에 군주 포인트도 이젠 1480점이 되었다.

큰놈이 나와도 보스가 아니어서 어쩌면 자이언트 웜은 보스를 만들 지능이 안 되는 건가하고 생각했는데 그건 또 아닌 모양이었다.

안전지대를 만들어 식사와 함께 약간의 휴식을 취한 그가 다시 활력의 불꽃을 회수하던 그때, 하늘에서 뭔가 이상한 모습이 보였다.

그리고 이어서 주변에 있던 대공 화염꽃이 반응하며 꽃잎이 펼쳐졌다.

그리고 불꽃이 하늘로 솟아올랐다.

펑. 펑. 펑.

화염꽃들이 사방에서 대공포 사격이라도 하는 듯 불덩어리를 하늘로 쏘아 올렸다.

그 엄청난 광경에 그저 멍하니 하늘을 올려볼 뿐이었다.

자세히 보니 하늘을 날던 검은 그림자는 하나가 아니었다.

수십여 마리의 공중 몬스터로 보이지만 왠지 그 모습이 잘 보이지 않았다.

너무 빠른 탓도 있었고 또한 표면이 너무 검게 보여 형체를 알아보는 게 힘들기도 했다.

수십, 수백의 화염 불꽃이 하늘로 쏘아졌지만 그놈들은 빠른 속도로 이리저리 날쌔게 피하더니 모두 한쪽 방향을 향해 날아간다.

"저놈들 뭐지?"

유정상이 놈들이 날아가는 모습을 바라보다가 문득 주코를 돌아보며 묻는데 어쩐지 그 표정이 별로 좋지 못했다.

"넌 또 왜그래?"

늘 까불거리던 놈이 저런 표정을 지으면 이젠 조금 불안한 유정상이었다.

"주인, 이 미션 분명 하급 천사 녀석을 깨우는 거였지?"

"그건 왜?"

"아무래도 단순히 잠자는 놈을 깨우는 그런 단순한 미션이 아닌가본데?"

주코의 말에 유정상의 미간이 좁혀진다.

평상시엔 조금 실없이 까불거리는 놈이기는 해도 이런 상황판단은 나쁘지 않은 녀석이었으니까.

"나, 저놈들 알 것 같아."

"……?"

"저놈들은 네르갈의 부하들이라고."

"네르갈?"

"그래 네르갈! 그놈은 림몬 따위와는 전혀 다른 놈이야. 최상급 마족을 노린다는 이야기는 들었던 것 같은데……."

그렇게 말끝을 흐리더니 뭔가 생각에 빠져 버렸다.

뭔가를 떠올리려 애쓰는 모습이라 그저 지켜보기만 했다.

그런데 곧 주코가 뭔가 떠올랐는지 눈을 크게 떴다.

"맞아. 네르갈이 천사를 먹었다는 이야기를 들었던 것 같다."

"뭐? 천사를 먹었다고?"

유정상이 황당한 표정으로 되묻자 주코가 자신의 말을 다시 정정했다.

"먹었다는 게 주인이 생각하는 그런 종류는 아니야. 쉽게 말하면 흡수를 했다고 보는 게 맞지. 아, 그래. 그 천사의 이름이 미르엘인가 보다."

"확실하게 말해. 미르엘이 맞는 거야?"

"끄응······. 아마도."

유정상이 다그치자 조금 미묘한 표정이다.

하지만 이 정도라도 기억해 낸 것이 어딘가?

"으이그, 그래 그럼 맞다 치고. 그럼 미르엘이 그 네르갈이라는 놈의 몸속에 흡수된 상태로 잠들어 있다는 뜻이냐?"

"아마도 그럴 거야."

"그럼 놈을 죽이면 안 되는 거 아니야?"

"그건 나도 잘 모르겠다."

"아, 이거 골치 아프네. 어떻게 해야 하지?"

그렇게 유정상이 머리를 긁적이는 사이 멀리까지 이어지며 폭발하던 불덩어리들이 점점 잠잠해 지고 대공 화염꽃들도 다시 원래의 얌전한 모습으로 돌아갔다.

아무래도 놈들에 대한 공격이 실패로 돌아간 것처럼 보였다.

"그나저나 저 네르갈이라는 녀석의 부하 놈들은 화염공격을 잘도 피해내는 구만."

"그야. 그놈들은 화염내성이 있으니까. 맞아도 크게 타격을 받지 않거든. 거기다가 원래 움직임이 빠르기도 하다."

대충 녀석들의 정체를 확인한 유정상이 다시 커서의 방향대로 이동하기 시작했다.

과연 놈들이 사라진 방향으로 커서가 향하고 있는걸로 봐서는 아무래도 이번 미션과 놈들이 연관이 있다는 건 확실해 보였다.

이동의 속도를 올려 놈들이 사라진 방향으로 몇 분 정도 달려가자 숲 너머로 거대한 화산이 눈에 들어왔다.

"저기가 놈들이 서식하는 곳인가?"

"서식이라는 표현이 조금 이상하긴 하지만, 뭐 그렇지."

"네르갈이라는 놈은 어느 정도 수준이지?"

"아까 말했다시피 최상급마족을 노리는 놈이다. 앙테크리스트 본신의 힘에는 못 미치겠지만 아마도 우리가 상대했던 때의 그놈보다는 강할지도 몰라. 아니, 사실 앙테크리스트는 제 힘을 발휘하지 못하던 상황이었으니까 네르갈 녀석이 정식으로 싸운다면 분명히 이길 거야."

앙테크리스트와의 승리는 어느 정도 운이 따랐다.

물론 지금은 그때에 비해 레벨이 많이 오른 상황이니 단순하게 비교를 할 수는 없다. 그러나 그것을 감안하더라도 앙테크리스트의 힘과 비슷하거나 더 강하다면 역시 쉽지 않은 상대임에는 틀림없었다.

하지만 그 문제보다 더 신경 쓰이는 건 결국 잠들어 있다는 그 미르엘이라는 천사를 깨워야 한다는 사실이었다.

만약 저 네르갈을 죽여 버린다면 미션의 미르엘도 그 영향을 받을지도 모르기 때문이었다.

어느새 네르갈이 산다는 화산의 근처에 다다랐다.

거대한 회색의 산이 웅장한 기세를 발산한다.

한참을 올려다보다 곧 커서의 방향이 가리키는 우측으로 이동했다.

그리고 주변에서 느껴지는 어두운 느낌의 기운에 곧바로 은신 스킬을 사용했다. 주코와 백정도 유정상을 따라 각자의 방법으로 몸을 숨겼다.

곧이어 커다란 바위를 돌아가자 눈앞에 엄청난 크기의 구덩이가 나타났다.

폭이 대략 100미터 정도에 깊이는 대략 50미터 정도.

그 안쪽으로는 수십여 개의 작은 구멍들이 보인다.

그리고 그 구멍을 통해 아까 보았던 네르갈의 부하라는 놈들이 들락거리고 있었다.

속도가 느려지니까 겨우 그 모습을 분간할 수 있었는데 놈들은 검은 형태에 박쥐날개를 가졌고 몸통과 머리는 아귀를 좀 닮은 것 같았다.

그런데 신기한 건 그런 몸임에도 마치 인간처럼 손과 발이 달렸다는 사실이었다.

이상하게 생긴 놈들이라고 생각하는데 주코가 입을 열었다.

"저게 바로 자크만이라는 놈들이다. 네르갈과 교감하는 것들이야."

주코가 놈들의 정체를 알려주었다.

마계의 놈들이라면 그들도 주코처럼 커서의 존재를 눈치챌 수 있다는 생각에 커서를 일단 머리에 박았다.

그리고 바로 은신 스킬을 시전한 상태로 수십 개의 구멍 중 아까 커서가 가리켰던 곳으로 들어갔다.

구멍 속으로 들어가니 끈적끈적한 기운과 화끈한 열기가 뒤섞여 있어서 무척 기분 나쁜 느낌이었다. 좀 더 안으로 들어가자 거대한 공동이 눈에 들어왔다.

그리고 그 거대한 공동의 바닥 쪽에는 구멍이 뚫려서 푹 꺼진 곳이 군데군데 보인다.

구멍의 아래엔 용암이 흐르고 있었고 자크만들이 그곳에 뭔가를 떨어뜨리려 하고 있었다.

"끼아아아!"

그런데 그 용암속으로 빠트려 지려는 존재에게서 날카로운 비명소리가 들려왔다.

"이거 사람 목소리 아니야?"

그렇게 말한 유정상이 은신 스킬을 풀지 않은 채로 급하게 점프를 했다.

그리고 용암 쪽으로 떨어지는 뭔가를 발견하고는 커서를 보내 그것을 잽싸게 붙잡았다.

동시에 이동의 팔찌를 이용해 천장에 밧줄을 박아 넣었다.

그리고 몸을 반대편으로 이동시켰다.

탁.

바닥에 착지한 유정상이 커서를 자신에게 끌어당겨 방금 잡은 것을 확인했다.

"어?"

커서에 붙잡힌 건 사람이 아니라 커다란…… 새였는데 지금은 기절했는지 미동도 없다.

그런데 어째 머리가 사람을 닮은 것처럼 보인다.

"뭐, 뭐야? 사람이 아닌 거야?"

"주, 주인. 지금 그게 중요한 게 아니다!"

"뭐?"

유정상에게 자크만들이 몰려들고 있었다.

당연하게도 유정상은 은신 스킬 때문에 놈들에게 들키진 않았지만, 커서로 구해낸 새 한 마리 때문에 놈들이 모여들고 있었던 것이다.

"젠장."

어쩔 수 없다는 생각에 그 새를 커서로 잡은 상태에서 곧바로 다시 몸을 날렸다.

하지만 몸이 빠른 자크만들은 엄청난 속도로 날아서 접근해 왔기에 유정상은 미처 몸을 피하지 못하고 놈들에게 주먹 기파를 날렸다.

퍼엉. 퍼엉. 퍼엉.

"꽥!"

"끼익!"

"까아우아!"

놈들이 비명을 지르며 바닥에 떨어진다.

상대하기 어렵진 않지만 숫자가 너무 많다는 생각에 구멍 위로 올라오자마자 바로 드루이드 100명을 소환했다.

그러자 전사형 드루이드 85명과 주술사형 드루이드 15명이 소환되었다. 비율은 랜덤이라 유정상이 정할 수 있는 건 아니었지만 보통 드루이드들은 주술사형이 많이 포함되어 있을수록 더 강한 힘을 발휘했다.

소환된 드루이드들은 모두 자신의 능력을 십분 발휘하며 자크만들과 얽혀 싸우기 시작했다.

전사형 드루이드들 중 10여명은 독수리 몬스터로 변신해 허공으로 올라가서 놈들과 치열한 싸움을 벌이기도 했다.

그 상태에서 주코와 백정도 싸움에 끼어들자 삽시간에 자크만들의 숫자가 줄어들기 시작했다.

그 싸움을 잠시 지켜보던 유정상은 자기까지 나설 필요는 없다고 판단하고 그 자리에 새를 내려놓았다.

작은 아이 크기의 새였는데 하얀 깃털에 머리는 인간을 조금 닮아 있었지만 주둥이는 확실히 새가 맞다.

"희한한 몬스터네."

귀여운 외모가 묘하게 끌리기도 했고 또한 자크만들이 죽이려고 했다면 일단 살리고 보자는 생각에 인벤토리를 열어 클린볼과 생명력 포션을 새의 몸에 떨어뜨렸다.

그러자 곧 정신이 들었는지 신음소리를 내며 몸을 일으키다 주변이 소란 스럽자 고개를 번쩍 들더니 눈이 커다랗게 변해버렸다.

그리고 곁에 바싹 다가앉아있던 유정상을 보고는 크게 놀랐다.

"악! 사, 살려 주세요!"

"얼레? 이 녀석 뭐야?"

"저, 저는 살리얀입니다."

유정상이 놀란 이유는 새가 인간의 말을 했다는 사실 때문이었다. 심지어 녀석이 자신의 이름을 대기까지 하니 유정상은 조금 어이가 없다는 생각에 한숨을 쉬고는 머리를 긁적거렸다.

"너 어떻게 인간의 언어를 말하는 거지?"

"저는 모든 지성체와 대화가 가능한 종족인 샤잉 종족입니다."

주코처럼 교감이라는 마법을 이용한 대화법인 것 같았다.

"그나저나 어째서 저놈들에게 잡혀 용암에 던져진 거지?"

"네?"

살리얀이 고개를 돌리자 드루이드들과 전투를 벌이고 있는 자크만들이 눈에 들어왔다.

그제야 자신에게 일어났던 일이 기억났는지 눈이 커다랗게 떠지며 '아.' 하는 감탄사가 튀어나온다.

"당신이 저를 구해주셨군요."

"뭐. 그렇지."

인간으로 착각해서 실수로 살려주었다는 얘기를 굳이 할 필요는 없었다.

"감사합니다."

"그런 인사는 필요 없고, 질문에나 대답해."

"전 자크만들에게 잡혀 제물이 되어 용암에 던져졌습니다."

"제물? 뭘 위한 거지?"

"그건 저도 잘 모르겠어요. 그저 뭔가를 깨울 때 제물을 용암에 던진다는 이야기만 들었거든요."

"깨운다고?"

그때 싸움이 거의 마무리 되었는지 주코와 백정이 유정상이 있는 곳으로 다가왔다.

그런데 주코가 살리얀을 보더니 미간을 찌푸린다.

"저거, 천사의 노예잖아?"

"나 노예 아니거든."

"아니긴. 매일 천사들 시중이나 드는 녀석들이."

"우린 그저 천사들의 일을 도울 뿐이라고."

"그게 노예라는 거지."

"너희들이야말로 마족들의 노예잖아."

갑자기 두 녀석이 만나자마자 주둥이 배틀을 시작하자 유정상이 버럭 소리쳤다.

"이것들아! 조용히 안 해!"

그러자 주코와 살리얀이 입을 다물었다. 하지만 그 와중에도 서로 노려보는 건 멈추지 않았다.

"주코. 너 이 녀석 알아?"

"안다. 주인. 천사의 노예다."

"아니라니까!"

주코의 대답에 살리얀이 다시 버럭 하면서 외쳤다. 그러자 주코가 으르렁거리며 덤벼들고 살리얀이 앙앙거리는 아까의 반복이다.

"자꾸 싸울래! 확, 둘 다 용암에 던져 버릴까보다."

그 말에 다시 두 녀석들이 입을 다문다. 주코는 여전히 노려보면서 싸움만 멈췄지만 살리얀은 용암에 던져버린다는 말에 아까의 공포가 떠올랐는지 기가 팍 죽은 모습이다.

어쨌든 두 녀석은 대충 상대 종족에 대한 것을 알고 있는 걸로 보이니 그 이야기는 천천히 들어도 될 것이다.

"그럼 넌 네가 따르는 천사가 있는 거냐?"

"네. 하지만 지금은 아니에요."

"아니라니?"

"제가 모시던 분은 네르갈이라는 마족 놈에게 흡수당하셨거든요."

그 말에 유정상이 화들짝 놀랐다.

"그런 네가 따르는 천사가 미르엘이냐?"

"어? 어떻게 아셨어요?"

살리얀이 화들짝 놀라며 묻자 주코가 킥킥대며 웃었다.

"이제 끈 떨어진 연 신세구만."

"시끄러!"

"이놈들이 진짜!"

콩. 콩.

"아야!"

"아고!"

자그마한 두 녀석들에게 꿀밤 한 대씩을 쥐어박자 그제야 다시 입을 다문다.

"그 네르갈이라는 놈은 어디에 있지?"

"저도 계속 갇혀 있었기 때문에 아는 게 없어요."

"동료는 없나? 남은 녀석은 너뿐인가?"

"아뇨. 아직 죽지 않은 애들이 제법 있을 거예요. 죄송한데 제 동료들을 구출해 주시면 안 될까요?"

살리얀의 말에 유정상이 뭐라고 하기도 전에 주코가 먼저 나서서 코웃음을 쳤다.

"너 하나 살리자고 이 난리를 친 것도 어이가 없는데 뭔 소리를 지껄이는 거야?"

그 말에 살리얀이 살짝 주눅이 든다. 자기가 생각해도 적이 너무 무시무시해서 아무리 착한 사람이라도 자신들을 도와줄 것 같지 않았다. 하지만 유정상의 생각은 달랐다.

"어디지?"

유정상은 동료 이야기를 들었을 때부터 그들을 구해내서 이용해 먹어야겠다는 생각을 하고 있었다.

"고, 고맙습니다. 저쪽이에요."

"주인, 정말 갈 거냐? 네르갈 놈이 언제 들이닥칠지 모른다고!"

"어차피 놈을 만나면 싸워야 돼."

"삐이이이!"

주코의 투덜거림에 백정이 나서서는 날개를 파닥거리며 삐익-거렸다. 팔자로 세워진 눈썹을 보아하니 주코의 행동을 나무라고 있는 것 같은 모습이다. 그러자 주코가 억울하다는 음성으로 백정이에게 따졌다.

"넌 또 왜 이 상황에서 저놈 편을 드는 거냐?"

"삐이 삐삐."

"쳇, 흰색으로 변했다 이거지? 넌 저것들이랑 어울려 봐야 그저 날개 날린 새알처럼 보일 뿐이야!"

백정과 주코가 토닥거리는 사이에 다시 다른 동굴에서 자크만들이 쏟아져 나오기 시작했다.

유정상은 서둘러 소환해 두었던 드루이드들로 놈들을 막으며 살리얀이 가리키는 동굴로 이동했다.

동굴 속에 들어서자 몇 마리의 자크만들이 경비를 서고 있었지만 그런 몇 놈쯤이야 간단하게 해치우고는 안으로 들어갔다.

작은 동굴의 안으로 들어가서 주변을 살피자 검은 장막으로 가로막혀 있는 무언가의 입구처럼 보이는 곳이 제법 있었다.

"저걸 제거해야 돼."

주코가 소리치자 백정이 그 검은 장막을 향해 빛의 쌍검을 휘둘렀다.

타앙. 타앙

"삐이이!"

백정이가 휘두른 빛의 검이 엄청난 충격과 함께 튕겨졌다.

회심의 공격에도 흔적조차 남지 않은 모습을 보아하니 아무래도 검은 장막은 빛의 검으로는 뚫지 못하는 것처럼 보인다.

이어서 유정상이 그 장막을 향해 주먹 기파를 날려봤지만 그것도 전혀 통하지 않는다.

커서 황금검으로 공격해 보니 통과만 될 뿐 장막을 제거하지는 못했다.

그런데 그것을 한참 바라보던 주코가 한숨을 쉬더니 벽 쪽으로 다가갔다. 그리고는 벽에 있는 구멍에 손을 밀어 넣더니 마력을 주입하자 검은 장막이 제거되었다.

이런 감옥에 대해 마계에서 제법 경험을 했는지 자연스럽다.

그리고는 주코가 거들먹거리는 목소리로 이야기한다.

"에휴, 무식하게 힘으로 모든 걸 해결하려 하지 말라고, 주인은 다 좋은데 무턱대로 밀어붙이려고만 하는 건 조금 자제하는 게 좋아."

주코의 건방진 말 따위는 아무도 신경 쓰지 않고 바로 장막이 걷힌 곳으로 들어갔다.

"쳇!"

장막 안쪽엔 많은 수의 샤잉족들이 쓰러져 있었다. 확실히 이 장막의 안쪽은 마족들이 만든 감옥처럼 보였다.

잡혀 있는 모두의 목과 다리에는 정체를 알 수 없는 금속으로 만들어진 족쇄들이 채워져 있다.

백정이 얼른 다가가서 빛의 검으로 그 족쇄들을 모두 제거하자 유정상은 인벤토리를 열어 모두의 몸에 클린볼과 생명력 포션을 떨어뜨렸다.

그리고 다른 감옥으로 이동해서 주코에게 문을 열도록 시키고 똑같은 일을 반복했다.

10여개의 장막을 모두 제거하고 나니까 깨어난 샤잉족은 총 150마리 정도였다.

모두들 같은 모양을 하고 있어서 누가 누구인지 알아

보기는 힘들었지만 그들도 인간처럼 체형 자체는 제각각이었다.

샤잉족들은 깨어난 뒤 지금의 상황을 이해하고는 아장거리며 특유의 걸음걸이로 유정상의 무리 쪽으로 다가왔다.

그동안의 사정을 살리얀에게 간단히 들은 탓에 모두 유정상에게 고마워하는 눈치였다.

"감사합니다."

무리의 대표처럼 보이는 샤잉족 하나가 나서서 유정상에게 고개를 숙이며 말했다.

일단 필요한 정보를 얻기 위해 그에게 유정상이 물었다.

"네르갈이 어디 있는지 아나?"

"저희도 그건 잘 모릅니다. 이곳에 들어온 뒤로는 네르갈을 본 일이 없으니까요."

그가 그렇게 대답하는데 그때 샤잉족 중 누군가가 손, 아니 날개를 번쩍 치켜들며 소리쳤다.

"곧 거대한 힘을 얻어 돌아올 거라는 잉케의 이야기를 들었습니다."

"잉케가 누구지?"

"네르갈의 부하로 이곳의 수장입니다."

이곳이 감옥의 형태를 하고 있으니 바깥세상으로 치면 대충 구치소 소장 위치쯤 되는 녀석을 말하는 것 같았다.

"그럼 일단은 네르갈이 나타나기 전에 이곳을 정리하는 게 먼저겠군."

"어쩌실 예정이신가요?"

샤잉족 대표가 물었다.

"모두 쓸어버려야지."

"그럼, 저희들도 같이 싸우겠습니다."

그 말에 못마땅한 표정의 주코가 입을 열었다.

"당연하지. 너희들 때문에 이 난리를 떨었는데!"

"마족의 개가 어디서 나서는 거야?"

"더러운 마족 놈."

"추접스러운 족속들!"

이미 살리얀에게 들은 바가 있어서 지금까지 주코를 보고도 덤벼들지 않고 있었던 샤잉족들이었다. 그런데 주코의 말이 귀에 거슬렸는지 흥분해 소리친 것이다.

"이것들이 단체로 한번 해보겠다는 거냐?"

제법 기세 좋게 소리쳤지만 이내 유정상에게 머리를 쥐어 박혔다.

콩.

"아야!"

"지금 뭐하는 거야? 모두 조용!"

유정상이 소리치자 모두 입을 다물었다.

잠깐 화가 나서 소리쳤지만 사실 그들도 지금 이렇게 내분이 일어나면 죽도 밥도 안 된다는 걸 모두 잘 알고 있었던 것이다.

"왜 나만……."

뭔가 불만을 얘기하려던 주코가 유정상의 기세에 놀라 입을 다물고 말았다.

"아무튼 저희도 돕게 해 주세요."

살리얀이 나서서 얼른 분위기를 정리하고 그렇게 말하자 동시에 커서의 안내 글이 눈앞에 생겨났다.

[살리얀을 비롯한 샤잉족 150마리가 임시로 귀속되기를 원하고 있습니다.]

[받아들이시겠습니까?]

"좋아."

[샤잉족 150마리가 임시 소환수로 설정되며 부대 지정이 가능해집니다.]

그리고는 샤잉족 그림이 부대설정 창 내에 새겨졌다.

그것을 확인한 유정상은 모두를 이끌고 동굴을 빠져나왔다.

그런데 자크만들이 동굴 주위를 잔뜩 에워싸고 있었다.

중앙 공동의 크기가 엄청나게 컸음에도 주변에 잔뜩 깔려 있는 자크만 때문에 사방이 검은색이다.

대충 세어 봐도 거의 1,000마리에 육박하는 자크만들을 보자 겨우 감옥을 탈출해서 나오고 있던 샤잉족들의 표정이

딱딱하게 굳어 버렸다.

"이렇게 죽는 건가?"

"크윽! 미르엘님을 구해내지도 못했는데."

"분하다."

압도적인 적의 숫자에 모두 절망적이라는 듯 한숨 섞인 목소리가 들려온다.

"한심한 것들."

주코가 혀를 차자 모두 녀석을 노려본다. 하지만 아무리 화가 난다고 해도 이 상황에서 말싸움을 할 수는 없는지라 곧 다시 심각한 표정으로 시선을 자크만에게 돌렸다.

그런데 그때 동공의 한쪽 끝부분이 소란스럽다.

모두 그곳을 바라보니 자세히 보이지는 않지만 한 무리가 자크만들과 엉켜 싸우는 것처럼 보인다.

유정상은 그 소란을 발견하자마자 바로 은신 스킬을 발현시키고 이동의 팔찌로 공중에 떠올라 그곳을 살펴보았다.

'아직 잘 싸우고 있었네.'

그들은 놀랍게도 동굴에 들어갈 때 놈들과 싸우도록 지시해놓은 드루이드들이었다.

별로 기대하지 않고 있었는데 많은 수의 자크만을 상대로 오랫동안 버티고 있었다. 절반 정도 숫자의 드루이드가 소멸했는지 지금은 대략 50명 정도가 남아 있었다.

거기다 주술사형 드루이드들의 대부분이 살아 있는 걸로

보인다.

곧바로 남은 포인트 830점을 모두 사용해 드루이드들과 네피림, 그리고 자이언트 웜들을 소환했다.

자이언트 웜은 소환 시 포인트 20점을 사용하기 때문에 이번에 추가된 320점을 이용해 16마리를 소환했다.

"크아아아아!"

"끼이이이이!"

갑자기 등장한 괴물들 때문에 자크만들이 혼란에 빠져 버렸다.

자이언트 웜과 네피림의 압도적인 위압감.

마치 검은 염소 무리 사이에 나타난 코뿔소와 코끼리처럼 보이는 느낌이었다.

그 틈에 자크만들을 공격하는 소환수들.

네피림들은 자크만들을 짓밟거나 날아다니는 놈들을 손으로 붙잡아 죽였고, 특히 자이언트 웜의 경우엔 놈들을 식사대용으로 생각하는지 마구 집어 삼킨다.

물론 드루이드들의 활약도 빛이 났다.

전사형 드루이드들 중 비행 몬스터로 변한 드루이들의 활약과 함께 주술사형 드루이드들의 마법공격에 많은 숫자의 자크만들이 쓰러지고 있었다.

어떤 드루이드는 자이언트 웜을 발판으로 삼고 위쪽으로 달려가더니 허공을 날아다니는 자크만을 사냥하기도 했다.

그 모습을 본 샤잉족들이 놀라 멍하게 바라보고 있는데 주코가 모두를 보며 소리친다.

"모두 뭐하는 거야? 같이 싸울 거라며."

"이들이 아군인건가?"

샤잉족의 리더가 놀란 얼굴로 주코에게 물었다.

"내 부하지."

주코는 그렇게 말하며 조금 전까지 자신을 무시하던 샤잉족을 향해 거들먹거렸다.

그러다가 얼핏 눈치를 살피니 유정상이 뭔가 잔소리를 하려는 모습을 보이자 잽싸게 싸움에 뛰어 들었다.

그 모습을 본 샤잉족들도 곧 정신을 차리고는 모두가 싸움에 뛰어들었다.

조그마한 크기의 샤잉족들이었지만 생각 이상으로 전투 능력은 강했다.

대략적인 평균 레벨은 35이상이었는데 자크만과 비슷한 스피드를 보이니 이쪽 조합도 나름 괜찮아지면서 점점 싸울 만했다.

거기다 유정상과 백정까지 나서자 1천 이상의 자크만들도 서서히 숫자가 줄어들기 시작했다.

그런데 이상한 점이 있었다.

기존의 몬스터들이 목숨을 잃으면 아이템은 떨어뜨리지 않는다고 하더라도 최소한 사체는 남는 게 정상이었다.

그런데 어찌된 영문인지 자크만들은 누가 공격을 하던지

간에 죽음과 동시에 아무것도 남기지 않고 소멸해 버리는 것이 아닌가?

마음에 들지 않는 상황에 유정상이 힐링 마법을 사방에 뿌리느라 바쁜 주코에게 물었다.

"마족은 원래 이렇게 모두 소멸하는 거냐?"

"저놈들은 네르갈의 에너지로 만들어진 놈들이라서 사체를 남기지 않아."

"소환수들처럼 말이냐?"

"그러고 보니 비슷한 것 같기도 하네."

"그런가?"

그냥 단순하게 생각해 버렸다.

앞 미션에서 림몬과 함께 수많은 상급 몬스터를 사냥하면서 워낙 많은 아이템을 얻었고, 정리도 마치지 못한 상황이었기에 지금은 아이템에 대한 욕심도 별로 없었다.

그렇게 한동안의 전투가 계속되고 있는 사이 슬슬 놈들의 숫자도 바닥을 보이기 시작했다. 반면에 이쪽은 다수의 주술사형 드루이드들과 주코의 활약으로 치열했던 싸움에 비해 피해는 그리 크지는 않았다.

거기다 샤잉족들은 한 마리도 잃지 않았다.

자크만이 결코 약한 놈들이 아니었으나 역시 소환수들의 성장으로 강력해진 것이 가장 큰 이유였고, 적이 1천 마리가 넘었다고는 하나 유정상의 경우에는 새로 익힌 폭격펀치의 스킬로 한 방에 십여 마리씩 몰살시켜 버리니 그리 어려운 상대는 아니었던 것이다.

어느새 모든 자크만들이 쓰러지며 검은 연기가 되어 사라졌고, 샤잉족들은 전투가 끝났다는 안도감 때문에 긴장이 풀렸는지 바닥에 내려서더니 풀썩 쓰러져 버렸다.

여유가 있었던 유정상과는 달리 혼신의 힘을 다해서 전투를 치렀기에 피로로 인해 몸을 가누기도 힘들 정도였다.

유정상에겐 클린볼과 포션이 넘칠 정도로 많기는 했지만 주코가 있으니 굳이 그것들을 사용할 이유는 없었다.

그런데 주코는 유정상의 생각과 달리 전투가 끝나자 그들을 외면해 버렸다.

그 때문에 주술사형 드루이드사들 중 힐러 두 명이 샤잉족들에게 마법을 시전했다.

유정상도 굳이 그런 주코를 다그치고 싶은 생각은 없었다.

오랜 악연이 한순간에 없어진다는 것이 무리라는 것 정도는 잘 알고 있었다. 오히려 전투 중에서는 아무 말 없이 힐링과 버프를 사용했던 행동을 칭찬해 주고 싶을 정도였다.

물론 진짜 입을 열면 쓴 소리밖에 나오지 않을 테지만 말이다.

전투로 인한 집중이 풀려서일까?

잊고 있던 아이템에 대한 집착이 솟구쳐 올라왔다.

이성적으로 이해했으나, 감정적으로 받아들이기에는 어려움이 따랐다.

그렇게나 많은 놈들을 때려잡았음에도 사체는 하나도 남지 않았을 뿐만 아니라 그 흔한 잡템 하나조차 떨어져 있지 않았다.

골드는 고사하고 동전 하나 나오지 않으니 어쩐지 너무 허무해서 헛짓거리를 한 기분도 들었다.

게다가 부하들을 모두 소멸시켰음에도 온다던 대장은 코빼기도 보이지 않고 있었다.

"아까 네르갈이 온다고 하지 않았어?"

상당히 기분이 나빠 보이는 유정상의 질문에 샤잉족 중에서 한 녀석이 자리에서 벌떡 일어나더니 자신의 날개로 머리를 긁적이며 말했다.

"그게 정확하게 언제 온다는 얘기는 듣지 못해서……"

그런데 녀석의 말이 끝나기도 전에 바닥이 흔들리기 시작했다.

그리고 푹 꺼진 땅 밑의 용암들이 부글부글 끓기 시작했다.

그리고는 퍽퍽 터지며 사방으로 용암들이 튀자 모두는 그곳에서 물러나기 시작했다.

"무슨 일이지?"

"나도 모른다. 주인."

그런데 이상한 목소리가 들려왔다.

알지는 못하지만 많이 듣던 종류의 말이었다.

앙테크리스트와 림몬이 사용하던 바로 그 마계의 언어였다.

곧바로 주코가 떠올랐다.

"주코!"

"노, 놈이다! 놈이 이곳에 있어!"

경악한 표정의 주코가 소리쳤다.

"뭐? 이곳에 없는 거 아니었냐?"

"알게 뭐야? 저 노예자식들이 헛소리를 한 건지도 모르지."

분명 샤잉족이 온다는 이야기를 들었다고 했을 때 네르갈이 다른 곳에 있을 거라고 생각했는데 바닥에서부터 들려오는 이 소리가 바로 네르갈 놈의 목소리라는 주코의 말에 순간 혼란 때문에 머리가 아파왔다.

"어째서 놈이 이곳에 있는 거지? 그나저나 놈이 뭐래는 거야?"

주코가 유정상의 말에 목소리를 가다듬고는 낮게 깔며 비열한 표정을 지었다.

"가증스러운 방해꾼 놈들인가? 흐흐흐 재미있겠군. 이라는데?"

"목소리까지 흉내 낼 필요는 없다. 멍청한 녀석아."

"아. 너무 몰입하는 바람에."

그런데 그때 부글거리던 용암이 불쑥 위로 솟구치더니 뭔가 형체를 만들어 갔다.

　그리고 그 형체가 인간을 닮았다는 걸 확인하고는 놈이 네르갈이라는 걸 확신했다.

〈5권에 계속〉